横浜駅SF

（ヨコハマエキエスエフ）

YOKOHAMA STATION
FABLE

作刈湯葉

ILLUSTRATION
田中達之

YUBA ISUKARI PRESENTS

口絵・本文イラスト
田中達之

装丁
AFTERGLOW

YOKOHAMA STATION FABLE

CONTENTS

YUBA ISUKARI PRESENTS

1. 時計じかけのスイカ

A CLOCKWORK TICKET

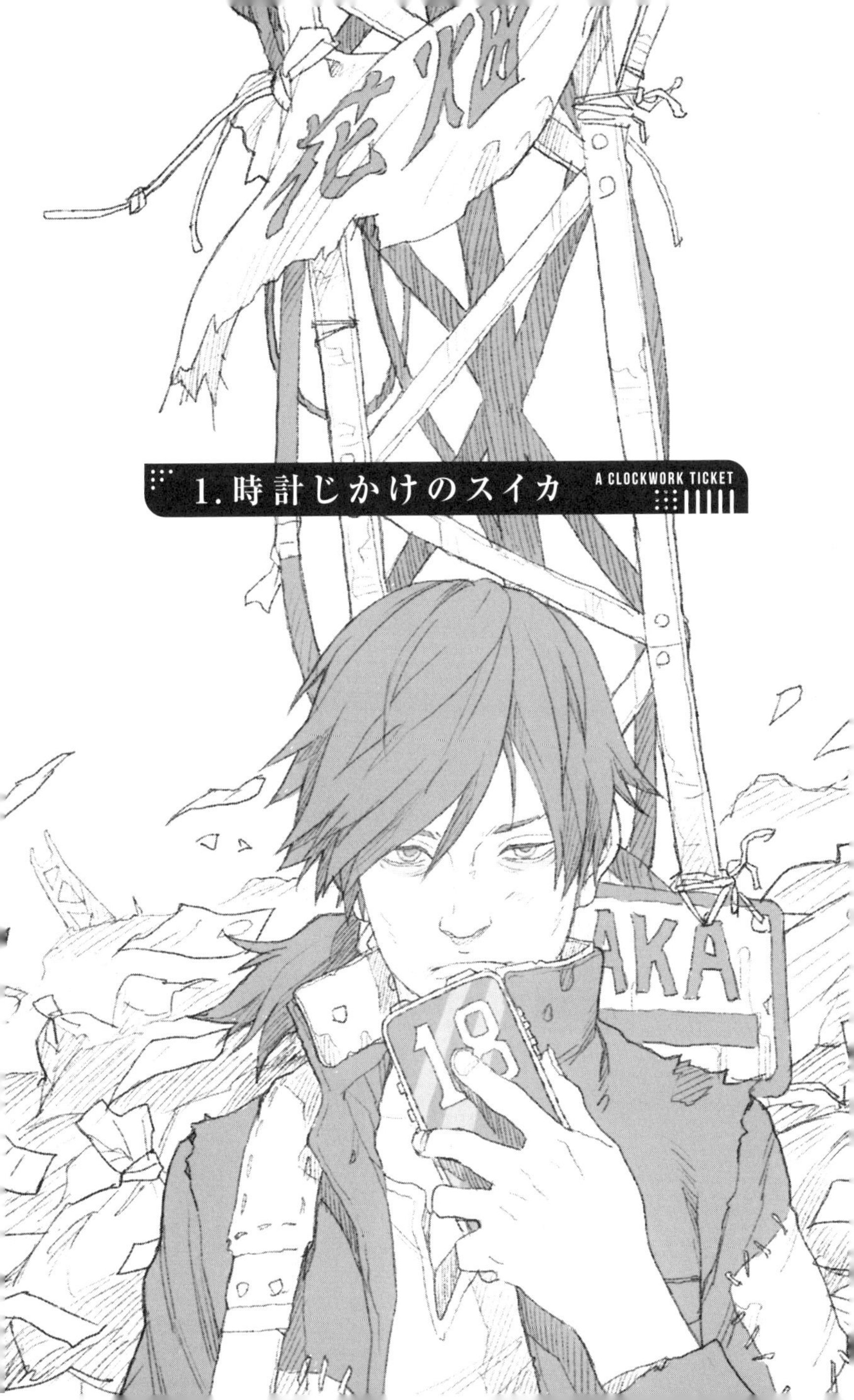

その朝、富士山は黒かった。

昨日までコンクリートで覆われていた白富士が、一夜にしてエスカレータの黒一色に染められたのだ。それは長かった梅雨が明け、夏が来たという印だった。

「斜度が影響している」

海岸に座った教授が、富士のほうを見ながら言う。

「構造遺伝界は一定斜度のある場所にエスカレータを形成するように記述されている。しかし同様に雨が続くとコンクリートの屋根を形成する。富士山では頂上付近と麓《ふもと》の天候の違いにより、エスカレータとコンクリートの層がパイ生地状に重なった構造となる。これが白富士と黒富士の構成原理だ」

「そうか」

三島ヒロトは相槌《あいづち》をうった。彼は教授の言っている内容はほとんど理解していなかったが、この孤独な老人の相手をすることがヒロトの仕事のひとつであった。

「教授」と呼ばれるこの認知症気味の老人が九十九段下《くじゅうくだんした》に現れたのは、今から二〇年ほど前のことだ。エスカレータの下に雑巾《ぞうきん》のように転がっていた教授を見つけたのは幼いヒロトだというが、彼の記憶にはない。

その頃の教授はまだ髪が黒く頭もはっきりしていたが、言葉がほとんど通じなかった。どうやらエキナカのうちでも、岬からかなり遠い地域に住んでいたらしい。

どうにか意味が通じたのは、彼がエキナカの「ラボ」と呼ばれる場所で「教授」をしていたという事だった。横浜駅を追い出されたということは、恐らくSuika不正認定を出されたということだ。この岬には、駅から排出されてくる廃棄品と一緒に、たまにそういった「不正利用者」が吐き出されてくる。

しかし、彼が何をして駅を追い出されたのかは分からなかった。そして教授が岬の言語に慣れるころには、今度は頭のほうが不明瞭《めいりょう》になってしまった。

ひとしきり富士山表層の横浜駅増幅原理について語りおえたあと、教授は反応を見るようにこちらを見た。それでようやく今話している相手がヒロトであることに気づいたらしく、

「今日、出発するのだったな」

と言った。

「ああ。世話になったな」

「お互い様だ」


ヒロト達の暮らす岬は、横浜駅１４１５番出口の長い長いエスカレータ（二本あって二本とも下り）の下にあることから「九十九段下」と呼ばれていた。実際には九十九段よりもずっと長い。逆走して登ろうにも、途中で休むとすぐ下に流されてしまう。九十九段下のエスカレータを上まで登りきるのは、岬の子供たちの間では「一人前の証」とされていた。

エスカレータを登り切ったところは「花畑」と呼ばれるゴミ捨て場で、そこをしばらく行ったと

ところに、自動改札たちが待ち受ける横浜駅エキナカへの入り口があった。そこまでがヒロト達にとっての「世界」のすべてだった。横浜駅の外で生まれ、Suika を持たない彼らは「エキナカ」に立ち入ることはできない。海岸沿いに点在する他のコロニーと交易のための船を出す以外は、この岬で一生を過ごすのだった。

「よう、行くのか」

エスカレータを登り切ったところにヨースケがいた。彼はこの「花畑」で、横浜駅のエキナカから廃棄されたゴミを活用する掃除人だった。ここには期限切れの食料、機械部品、そういったものが毎日のように流れてくる。掃除人たちの仕事は使えそうなものを選り分けてエスカレータの下に送り、それ以外は自動改札のそばにあるダストシュートに投げ込むことだ。ダストシュートがどこに繋《つな》がってるのかは誰も知らない。

「今日は電波が強い。多分、近くに新しい基地局が生えたんだろう。天気もいい。旅立ち日和だな」

ヨースケが端末のキーボードを叩《たた》きながら言った。横浜駅構内ネットワーク「スイカネット」の基地局はエキナカにしか存在しない。しかし「花畑」のようなエキナカのすぐ近くであれば、こぼれた電波を拾ってくることができる。ただ基地局の場所も刻一刻と変わるので、通信はきわめて不安定だった。

「見ろ。さっきネットから拾った画像だ。登山者が撮ったらしい」

と、ヨースケが示したのは看板の画像だ。よく見る駅構内案内板で

「横浜駅最高地点 海抜 四〇一二メートル」

とある。

「富士山の頂上か」

「ああ。自然の地形は三八〇〇メートルくらいまでらしいがな。駅が積もりに積もってついに四〇〇〇を超えた」

花畑の窓からも黒富士が見えた。あの山もかつては雪と土壌を露出させる火山だったという。横浜駅が増殖をはじめてから二〇〇年あまり、もはや自然の山は本州にほとんど残っていない。

「結局、おれの頼んだ情報は見つかったか？　駅構内のくわしい地図とか」

「ああ、悪いが無理だった。このシステムはあくまでスイカネットを流れるパケットを拾い集めるだけで、こっちから特定の情報にアクセスすることはできない。Suika 認証さえ出来れば、もっと色々なことができるんだがなあ」

ヨースケは悔しそうに言いながら画面を切り替えた。地図らしいものが表示された。

「これが今のところ手に入った最新地図。二〇年くらい前の構内図の断片だ。地名から推測するに、たぶん宮城の牡鹿《おしか》半島あたりだ。どうする、持ってくか？」

ヒロトは黙って苦笑いした。

「まあ、中で自分で探したほうがいいだろ。エキナカ住民のための情報は、こっちよりもずっと充実してるはずだからさ」

「それもそうだ」

ヒロトは頬をかいた。ヨースケは炭酸のないコーラをぐっと飲んだ。

「ヨースケ。お前もたまには下に降りたほうがいいぞ。おふくろさんが心配している」

「嫌だね。最近は食って寝てばかりだから脚も鈍ってきたんだ。降りたらもうあのエスカレータを登れない」

ヨースケの体は、去年の暮れに会ったときよりもまた一回り丸くなっていた。子供のころ、どちらが先にエスカレータを登りきれるか競い合っていた頃の面影はもう無い。

「お前こそ、マキを置いていっていいのか？　一緒に来い、とか言えばよかったのに」

「18きっぷは一人で五日間までなんだ。二人で使うと有効期限が半分になる。東山《ひがしやま》のやつはそう言っていた」

「ふーん、それじゃお前が戻ってこなかったら、俺が責任持ってあいつの面倒をみよう」

「お前はまず自分自身の面倒をみろ。流れてくるものを食べるだけの生活から離れてみるとかな」

「なーに。なんやかんや言って九十九段下の生活は俺たちが支えているんだぜ。下々の者達もそのところは分かっていよう」

ヨースケはカカカカと笑った。

岬には、わずかな土地を使って農業をする者、船を出して漁や交易をする者、ヨースケのような掃除人がいたが、全体的に労働人口に対する仕事は不足していた。そもそも横浜駅から廃棄されてくる食料が、この狭い土地の人口に比べて多すぎるのだ。ヒロトも岬での決まった仕事はなく、海を眺めたり、教授の相手をして日々をやり過ごすことが多かった。

横浜駅から廃棄される食料があまり安定していないことは、岬の住民の懸念のひとつだった。駅のちょっとした気まぐれで廃棄物の流路が変化して、この九十九段下に食料がもたらされなくなる事もありうる。そうやって滅びたコロニーの噂《うわさ》はいくつか聞いたことがあった。

「駅に依存しない生活」

と岬の首長《しゅちょう》たちは目標を掲げていたが、目下のところほとんど趣味程度の食料自給しかできていなかった。住民の何人かは自分たちを「横浜駅の家畜」と自嘲《じちょう》的に言っていた。家畜ならもう少し駅の役に立つことをするべきではないかとヒロトは思ったが、この巨大構造物にとって何が「有意義」なのかなど、彼の想像力の及ぶところではなかった。


ヨースケのもとを離れ、エキナカへの入り口へ向かう。自動改札がその両手を勢い良く広げて、ヒロトの侵入を阻む。

「Suika が確認できません。お客様の Suika または入構可能なきっぷをご提示ください」

六体の自動改札が声を揃えて言う。金属的なボディに似合わない女性の声だ。

「これで頼む」

ヒロトはポケットから、小さな箱状の端末を取り出して見せた。

「18きっぷを認証しました。有効期限は本日から五日間となります。五日が経過いたしますと、駅構内からの強制排除が実行されます。以上のことに同意いただける場合は画面にタッチをお願いします」

自動改札の顔のパネルに「規約を確認して同意」のボタンが表示された。ヒロトはそのボタンに触れた。

「ようこそ横浜駅へ」

「本日は当駅をご利用いただき誠にありがとうございます」

自動改札たちは重々しくその両手をおろした。ヒロトはその間をくぐってエキナカに入った。彼にとってはじめての、そして九十九段下に住むほとんどの人間にとって、もう何十年ぶりか分からない横浜駅のエキナカへの旅立ちだった。

◆

「キセル同盟」の男が九十九段下に現れたのは、ヒロトの旅立ちの一年ほど前のことだ。岬の漁師に助けられて九十九段下に来た三〇歳くらいの男だった。小柄で色白で（これは多くのエキナカの住民に共通していた）目が細く、動物のキツネを思わせる風貌《ふうぼう》をしていた。東山と名乗った。

岬の周辺はどこも海岸線すれすれまで横浜駅がせり出しているが、干潮時にはいくらか歩ける幅ができる。彼は Suika 不正認定を受けながらもなんとか自動改札から逃げ延び、鎌倉あたりで捕まって海岸に放り出された。そこから人里を求めて、九十九段下まで歩いてきたのだという。

「おれはツイてる方だ。同盟の仲間たちはみんな内陸部で自動改札に捕まっちまった。おれは命からがら海沿いまで逃げてきたんだ」

「内陸部で捕まるとどうなるんだ？」

とヒロトが聞くと、そんなことも知らないのか、という顔で

「自動改札はべつに不正利用者を殺害するわけじゃない。麻酔で眠らせるなりロープで拘束するなりして、最寄りの駅外に追い出すだけなんだ。だからこそ、内陸部で捕まると非常にまずい」

本州のほとんどが横浜駅で覆われた現代でも、内陸部には穴ぼこのような駅の外、つまり「駅《えき》

孔《こう》」が各地に点在しているという。

そして不正利用者を捕まえた自動改札は、その場から最寄りの駅孔にその利用者を機械的に放り出すのだった。大抵の場合、そこは山岳部の不毛地帯で食べるものもなく、追放者はそこで寒さなり飢えなりで死ぬのを待つしかない。

一方、海岸に追放されれば、とにかく海沿いに歩けば九十九段下のような人里にたどり着ける可能性があった。だからその男は、自動改札の目を盗んで命からがら海沿いまで逃げてきたのだった。

「おれの罪状は、横浜駅に対する反逆行為だ」

東山はそう誇らしげに言った。他のケチな不正利用者とは違う、ということを言いたいようだった。

Suika 不正利用による追放者が九十九段下に流れてくるのはそう珍しいことではない。追放の原因でいちばん多いのは、他人を傷つけたり殺したりといった「駅員および他のお客様への迷惑行為」であり、その次が「器物破損」だった。

こういう追放者の多くはエキナカ社会の底辺層で、教授のように言葉が通じないケースは稀《まれ》としても、岬に来てもあまり自分の話をしないタイプが多かった。そういうわけで、エキナカの事情を九十九段下の住民はよく知らない。

そんな中で、東山は例外的に饒舌《じょうぜつ》な男だった。ヒロトをはじめ岬の人々は、最初のころは彼の話を聞きによく集まった。彼は「キセル同盟」と呼ばれる組織に所属していたという。

「その同盟ってのは、つまり何を目的とした同盟なんだ」

とある者が聞くと、

「何ってそりゃ、人類を横浜駅の支配から解放することだよ。決まってるだろう」

と言う。何がどう決まっているのか分からないが、そういうものなのだろうかとヒロトは思う。

「解放ってのは何だ？　単に駅の外に出るというのは違うのか。あんたらは Suika を持ってたんだから、自由に出入りができたんだろう」

「あんた方に理解してもらうのは難しいだろうけれど、人類はもともと駅を支配していたんだぜ。俺たちのリーダーはいつも言っていた、駅に支配される生活を終わらせようって。あんたらもこんな駅の廃棄物を漁る生活からいつか抜けださなきゃいけないんだよ」

こういう具合で、彼はいつも九十九段下の住民を見下すような物言いをしていたので、最初は熱心に話を聞いていた住民もしだいに彼への興味をなくし、数ヶ月もすると話を聞いているのはヒロトだけとなった。

しばらくして冬が深まると、東山はどんどん体調を崩していった。もともとエキナカから来た人間は、外の環境に長く耐えられないことが多かった。教授は「免疫系」という言葉を使って何やら難しい説明をしていたが、ヒロトはそれを「エキナカの快適な環境で育ったので体が弱い」という程度に理解していた。

「あんたに頼みがある」

彼がいよいよという段階になって、看病していたヒロトに声をかけた。

「おれたちのリーダーを助けてほしい。あの人は今でも横浜駅の中で、自動改札から身を隠している。仲間たちはみんな捕まっちまった。あんたしか頼れる人がいない」

「助ける？　どういうことだ」

彼はヒロトに、手のひらに収まるサイズの箱状の端末を手渡した。

「18きっぷだ。エキナカの古い階層から見つけだしたんだ。これを持っていれば、Suika を体内に入れていない人間でもエキナカを自由に歩ける」

ヒロトはそれを受け取った。18きっぷはその大きさに似合わずずっしりと重かった。「有効期限：利用開始から5日間」と画面に表示されている。

「リーダーならきっと何とかしてくれる。あの人は天才なんだ。きっとエキナカも、この村も、みんな横浜駅から解放してくれる」

そう言って彼は息を引き取った。


手渡された18きっぷのことを、まずヒロトは岬の首長に報告した。有効期限が一人で五日間となれば、自分以外にも誰かふさわしい人間を募ってみるべきではないか。だが首長は
「お前は子供のころからエキナカの世界を見てみたいとずっと言っていたろう、お前が行くと良い」

と言う。他の者たちも特に文句はないようだった。みんなエキナカに興味はあっても、それ以上にあの自動改札の恐ろしげな顔を思い出して萎縮《いしゅく》してしまうようだった。

唯一ヒロトの旅立ちに不満を呈したのが、首長の姪《めい》にあたるマキだった。ヒロトが自分の家でそのことを彼女に話すと、

「どうしてそんな危険なことをするの？　そもそもあの人に義理立てする必要なんてないでしょ」

と言った。ヒロトが一人で勝手に旅立ちを決めたことに相当機嫌を悪くしていた。

「べつに義理立てしている訳じゃない。おれが勝手に行きたいだけだ。リーダーを助けるとかそういうのは、行きがけの駄賃だ。まあ、どこにいるのかも分からないしな」

「そうね。君は結局、この岬が嫌いだったわけでしょう。だからこういう脱出する機会を待っていたの」

「……ちゃんと戻ってくるよ。そもそも五日間しかエキナカには居られないんだ」

「どこか別の出口を見つけて、そこで過ごしたほうがいいよ。せっかくのチャンスなんだからさ」

マキはそう言うなり家を出て行った。入れちがいに隣に住む教授が現れた。口論で大きな音をたてていたのを不審に思ったらしい。ヒロトは教授に、自分が18きっぷを手に入れて、エキナカへ旅立つことを決めた、と告げた。

「ほう。つまりお前は、エキナカに旅立つことにしたのだな」

ひととおりの話を聞くと教授はそう言った。普段ぼんやりとどこか遠くを見ているこの老人が、いつになく目を見開いて真剣に言った。

「ああ」

「夕飯には戻ってくるのか」

「そのつもりだ。いつの夕飯になるかは分からないが」

「いつ行くんだ」

「準備ができ次第」

「どこに行くんだ」

「まだ決めてない。人探しを頼まれてるけど、どこにいるのかも分からないし」

「42番出口に行け」

「……42番」

「そこに全ての答えがある」

教授が何を知っているのかヒロトには分からなかった。もうすっかり頭が鈍ってしまい、支離滅裂なことを言うことも多かった。だが彼はときどきこうやって、確信にみちた、預言めいたことを言うのだった。

「42番出口、どこにあるんだ、そりゃ？」

「横浜駅にある」

「横浜駅はそこらじゅうにある」

「そうだ。そこらじゅうにある。そこにもある」

といって教授はエスカレータの方を指した。「横浜駅１４１５番出口」と書かれた看板が掲げられている。


ヒロトは荷物をまとめた。といっても持ち物はほとんどなかった。武器になるようなものを探したが、少なくとも自動改札に対抗できそうなものは何もなかったし、漁師の使う銛《もり》などを持っていったところでエキナカの住民に警戒されるだけで意味はなさそうだった。結局、当座の食料と水と、いくつかの身の回りのものだけを、愛用の肩かけのカバンに入れて持っていくことにした。

◆

「エレベータを使うなら五〇〇ミリエンだよ」

ドアの前に構えている太った中年女は面倒くさそうに言った。それがヒロトがエキナカで聞いた最初の人間の声だった。

「往復なら八〇〇ミリエン。安くしとくよ。歩いて久里浜まで行ったら二時間はかかるよ」

九十九段下から延びる「横浜駅5772156番通路」を北上すること三〇分。賑々《にぎにぎ》しい場所を想像していたエキナカにほとんど人の気配がなく、歩きまわっているのは自動改札ばかりで、不安になってきたところで最初に遭遇したのがこのエレベータ管理人だった。

「エレベータ？」

ヒロトは聞いた。目の前にあるのは金属製の扉だった。ガラスの窓がついていて高さは一メートル、幅は三メートルほどの棺桶《かんおけ》のような小部屋が見える。扉は上下に開閉するらしい。「定員6名」と書かれたプレートが、なぜか横倒しになっている。

「乗り物なのか？」

「そうだよ。お兄ちゃんエレベータは初めて？　これに乗れば久里浜の岬まで二〇分で行けるよ。こいつはまだ生えて一〇年も経ってないから、揺れも少なくて快適だよ」

久里浜という場所はヒロトも知っていた。九十九段下から船で東に行くとある海岸だが、九十九段下よりも横浜駅がせり出していて土地が狭く、定住者はいない。岬の漁師が道具をおく小屋があるほか、夏になるとエキナカ住民の何人かが海水浴目当てで現れる。

「いや、そっちへ行きたい訳じゃないんだ。それより道を聞きたいんだが、42番出口というのはどこにあるんだ?」

「42番? そんな若い番号は聞いたことないねえ。道を知りたいならそこの端末を使うといいよ」

中年女は通路の奥のほうを指した。そこには自動改札から両腕を外したような端末が座っていた。両脚は壁に固定されており、どうやら歩行しないタイプらしい。

「あと、横須賀《よこすか》まで行けば人がいっぱいいるから、そこで聞いてみるといいかもね」

「横須賀か。そこまで行けるエレベータはないのか?」

「そんなのは見たことないねえ。エレベータもあんまり欲しいところにゃ生えてくれないんだけど、いいところに生えると大手の会社とか、ヤクザもんの取り合いになるからねえ」

と彼女はため息をつく。

「ここはあたしの旦那《だんな》が最初に見つけたんだけど、ほとんど誰も来ないから楽なもんだよ。儲《もう》けもほとんどないけどね。あたしの旦那はもともと駅の探検家でね、駅に埋もれたお宝を探すって意気込んでて、もうちょっとまともに働いてくれりゃよかったんだけど、結局見つけたのはこのエレベータくらいでねえ」

中年女は話し続けた。恐らくこんなところで一人でエレベータ番をしているので、話し相手に不自由しているのだろう。

「あんたもあまりそんな変な格好でウロウロするんじゃないよ。ただでさえ最近は北の工作員が出るってんで、駅員がピリピリしてんだ」

「駅員？　何だそれは」

ヒロトがいうと中年女は首をかしげて
「あんた駅員も知らんの？　駅員ってのはねえ、悪いことした人を捕まえる人だよ」

と子供に教え諭すように言った。

「自動改札のことか」

「ああ？　何いってんのよ。駅員が自動改札のわけがないでしょ」

「それもそうだな。わかった。どうも」

ヒロトはそこで会話を打ち切った。あまりに自分の無知が知れると、Suika を持たないエキソトの住民であることがバレて面倒になりそうだった。服装も改めたほうがいいかも知れない。ヒロトの着ている服は、横浜駅から廃棄されたものを収集したり継ぎ接《は》ぎしたものだが、エキナカの感覚からすれば相当に古いもののはずだ。


設置式の端末はずいぶん昔に生えたものらしく、筐体《きょうたい》の塗装は剝《は》がれ、金属部分はところどころ錆《さ》び付《つ》いていた。画面に触れると
『横浜駅スイカネット☆キオスク端末』

というポップ体のテキストと、その下にボタンが二つ表示された。

『有料会員として使用（Suika 認証が必要です）』

『無料で使用（ＣＭ動画が流れます）』

ヒロトは「無料で使用」を押した。とたんに両脇のスピーカーから大音量で楽しげな音楽が流れ

だした。画面には見慣れた黒富士の動画が映しだされた。エスカレータの一段一段まではっきり見える。どうやら九十九段下よりもかなり近距離で撮ったものらしい。

「この夏休み、ご家族で富士山に登ってみませんか？　年々標高が上がり続けて現在は四〇五〇メートル。一度登ったかたもぜひトライ。全経路エスカレータ完備でお子様やお年寄りでも簡単に登れます！　宿泊・お食事施設つきのプランで、お一人様三五〇〇〇ミリエンから。お問い合わせ先は、スイカネット番号　０１２０-ＸＸＸ-ＸＸＸまで」

けたたましい音をたててＣＭは唐突におわった。それから画面が切り替わる。

「何をお探しですか？　（１）物を探す（２）人を探す（３）場所を探す（４）仕事を探す（５）フリーワード検索（６）ホームに戻る」

ヒロトはしばらく考えて「人を探す」でリーダーを探すことを考えたが、そもそも自動改札から逃げまわるような人間がスイカネットで簡単に見つかるとは思えないし、むしろ探している自分に危険が及びそうな気がした。「場所を探す」を押し、

「42番出口の場所を教えてくれ」

とマイクに向かって話した。

『42番出口、検索中………』

砂時計のアイコンがくるくると一〇秒ほど回転し、検索結果が表示された。

『1件がヒットしました』

表示された地図はきわめてシンプルだった。等高線が密に書き込まれた地図は、どうやら山岳地帯を表しているらしい。そのなかにぽつんと「42番出口」と書かれた点があった。周辺に施設らし

い施設はない。

「広域」ボタンを押して最大限にズームアウトしても、等高線がいくらか密になるだけで大まかな場所がわからない。そもそもこの駅構内案内システムは、画面全体で一キロ四方までしか縮小できないようだった。

ヒロトはしばらく考えて、

「行き方は？　経路と所要時間を教えてほしい」

と言うと、

『現在地から42番出口までの経路を検索中……』

と表示され、一秒も待たずに結果が出た。

『経路が存在しません』

「どういうことだ？　遠すぎるのか」

しかし端末はその質問には答えなかった。『やりなおし』のボタンを押すと画面が最初に戻り、ふたたび大音量でＣＭが始まった。ヒロトは何度もその操作を繰り返したが、42番出口の行き方についての情報にはいっこうに辿《たど》りつけなかった。そのうちにＣＭを見るほうが面白くなってきた。

結局三〇分ほど端末と格闘した末に得られた情報は
・42番出口は、人里離れた山の中にある
・横浜駅の主要な観光地は、富士山のほかに、岩手の巨大堤防、三重の伊勢神宮《いせじんぐう》、古代都市名古屋の遺跡などがある

・横須賀地区の名物はカレーライスであり、つい先週に新店舗「海自」がオープンし、開店セールで大盛り四〇〇ミリエンなので必ず行くべきである
・横浜駅放送の人気アニメ「しうまいくん」の劇場版「しうまいくん、宇宙へ行く」が来週公開する
・しうまいくんとは未来の世界からやってきたしゅうまい型ロボット（フードロイド）だったが、子供に残されて捨てられて地縛霊化した妖怪《ようかい》であり、食べ残しをする子供を見かけると必殺一〇〇万ボルトを食らわせる

というものだった。ひとまず重要なことは、横須賀というのがこの付近での中心的な都市だということだ。頭上の案内板によると「横須賀まで12000m（150分）」とある。ふだん足場の悪い岬を歩き慣れているヒロトにすれば、こんな舗装されて平坦《へいたん》な道なら楽に歩けそうな距離だ。

九十九段下から北へ向かう通路は、床にホコリが積もり、点字ブロックは剝がれ、天井の電灯も点滅を繰り返していた。窓から差し込む光がなくなれば懐中電灯が要るのではないか。さっきのエレベータ管理人が言っていたように、歩く人がほとんどいないのだろう。

「エキナカ、もう少し綺麗《きれい》なところだと思ってたんだがなあ」

とつぶやいた。ヒロトの持つエキナカのイメージは、ヨースケがたまにスイカネットから拾ってくる画像であり、つまり多くの人が行き交う大都市のものだった。そういう都市ではどんどん新しい通路が生成され、通路の束は酷使された筋肉のように太くなっていく。

一方、ヒロトたちの住む九十九段下の近辺は、エキナカ住民にほとんど用のない場所だった。い

わば横浜駅の盲腸のような場所なのだ。たまに来るのは久里浜の海水浴客のほかには旧道マニアくらいだ。彼らは駅の壁に生成される看板や広告を見て、その時代性に興奮するのだった。

とにかく横須賀まで行こう。そこまで行けば何かあるだろう。とヒロトは思った。

◆

「では説明をしていただこう、諸君」

長袖《ながそで》の制服を着た駅員が、二人の部下に向かって言う。時刻は午後二時。外気温は三〇度にも達しているが、この横須賀の派出所は地下室のように涼しい。横浜駅でも人の往来の激しい都市部では、新しい通路が次々に生成されるために駅が何層にも折り重なり、太陽の熱は下層部まで届かないのだ。

「はい上官殿、説明いたします。この男は先程、第三階層のレストラン街で先日オープンした『海自』でカレーライスを注文しました」

細い体の駅員が答えた。胸のプレートには『九等駅員 佐藤』とある。

「うむ。それで」

「このカレーライスは、インドから横浜駅にカレーが伝来した時代を再現するというコンセプトに基づき『海自』の人気メニューとなっております」

と、体格のいい方の九等駅員が答える。彼の名は『志尾』とある。

「それは今言わなくていい」

「はい。失礼しました」

拘束されたヒロトは三人の駅員の分厚い制服を見て、外でこんな格好をしたらすぐに熱中症だろうな、と思う。部屋には冷房らしい設備もあるが、電源コードも配管も外されており、長いこと稼働した気配はない。

「カレーライスの値段は、食品衛生税、消費税、駅熱機関使用税などを全て含めて四〇〇ミリエンであります」

と佐藤が言う。

「うむ。それで」

「この食品衛生税は、エキナカにおける食の安全を確保し住民の健康的な生活を維持するために最低限必要なものを我々駅管理局が徴収するものであり」

と志尾が言う。

「それは今言わなくていい」

「はい、失礼しました」

「従いまして、この男は食後に店員から提示された四〇〇ミリエンの請求に対し、このような金属のメダルを渡しました」と佐藤。

「ふむ。なんだそれは」

本須六等駅員は佐藤の提示したメダルを見た。手のひらサイズの金属板に「５００」と刻印されている。

「ああ、これは知っているぞ。硬貨というものだ。Suika が普及する以前の時代に、このような金属板で決済を行っていたのだ。まだ残っていたとはな」

「本須上官殿の博識とあふれる教養には感服の至りであります」と佐藤。

ヒロトの座らされた位置からは、鏡越しに本須六等駅員の持つ端末の画面が覗《のぞ》き見《み》えた。どうやら佐藤九等駅員と志尾九等駅員の発言にいちいちポイントを付けているらしい。いまの佐藤の発言で佐藤に五点がプラスされた。

「つまりこの男は、このような貨幣や服装が使われていた時代からタイムスリップしてきた訳だな。サムライマンと呼ぼう」

「了解いたしました、上官殿」と両駅員。

「今のは笑うところだぞ、諸君」

「ワッハッハッハ！」と両駅員。本須は二人に一〇点マイナスをつけた。

「それで、だ。飲食店でこんな骨董《こっとう》品を提示するのは別に良い。それは我々の法に反するものではない。それで、何が問題なのだ？」

志尾が答える。

「はい。海自の店員によりますと、この男は貨幣を差し出したあとに店から逃亡したのであります。後で私が捕まえたんですが、Suika 決済端末にエラーが起き、支払いが行われませんでした」

「つまり残高不足による無銭飲食ということだな」

「それは」

志尾がなにか言いかけたが、佐藤がそれにかぶせて答える。

「そのとおりです、上官殿」

エキナカで物理貨幣が流通していない、というのはヒロトの知るところではなかった。もちろん決済が基本的に Suika で行われていることは追放者たちから聞いていたが、外で使われる貨幣もエキナカで有効だと勘違いしていたのだ。食料はいちおう五日分持ってきていたのだが、横須賀でカレーを食べたいと思ったのがあだとなった。

話は一時間ほど遡《さかのぼ》る。カレー店で食事を終えたヒロトが店員の女の子に硬貨を渡すと、彼女はすこし困ったような顔をして「ありがとうございます」とそれを懐に入れた。その後、別の店員が「支払いをお願いします」と Suika 決済端末をヒロトに向けたが、すでに支払ったものだと思ったヒロトは、Suika 認証をされては困ると店から逃げようとした。

その後、たまたま居合わせた志尾に捕まり、Suika 決済端末がヒロトの側頭部にあてられたが「Suika 特性脳波が確認できません」というエラーが表示された。そんなエラーは店員も志尾も見たことがなく、志尾が派出所にいた佐藤に応援を頼み、ヒロトを拘束して、今に至る。


「無銭飲食者ということで、この男の身元を確認する必要が生じました」と佐藤。

「うむ。それで」

「しかし、Suika の個人情報照合には、四等以上の駅員の印鑑のある照合申請書を提出する必要があります」と佐藤。

「うむ。それで」

「したがって本日は土曜日であるため、駅管理局に出勤している四等以上の駅員はおらず、申請が行えません」と志尾。

「休日にもかかわらず出勤される本須上官殿は全駅員の鏡であります」と佐藤。この駅員たちはよくもこう切れ目なく言葉を並べられるものだな、とヒロトは思った。

「うむ。それで」

「従いまして、この男の処遇が決まるまで留置場に置く必要があるかと思われます。これには七等以上の駅員の許可が必要であるため、上官殿にご足労いただいた次第であります」と佐藤。

「うむ。そのようにしたまえ。ご苦労であった」

と本須は言い、端末の「送信」ボタンを押した。画面が切り替わり「佐藤九等駅員・八等昇格まであと520点」「志尾九等駅員・解雇処分まであと143点」と表示された。

「というわけでサムライマン。君は無銭飲食につき、留置場に入ってもらう」と佐藤は言い、ヒロトを手錠から持ち上げた。手錠は鎖の部分だけが金属製で、手にあたる部分は硬化ゴムとなっていた。

「運が良かったな。去年、金属の手錠で囚人に怪我させちまった駅員が自動改札に捕まっちまって、それ以来こうなってんだよ」と志尾が耳元でささやいた。

ヒロトは二人の駅員に挟まれて、留置場に行くことになった。二人のうちでは体格のいい志尾も、ヒロトより一回りコンパクトな体つきだ。横須賀《よこすか》を歩きまわって分かったことだが、どうもエキナカの人間は全体的に体が小さいようだった。狭い屋内で暮らしていると自然と体が縮むんだろうか、とヒロトは思った。

この駅員たちの話によると、解放されるのはどう見積もっても二日以上後になりそうだった。そして Suika の個人情報照合にそれだけの時間がかかる組織だ、Suika がそもそも無いということが発覚したら、何日閉じ込められるか分かったものではない。一日目午後にして早くも、ヒロトの探索終了の危機が迫りつつあった。


送られた「留置場」は六畳程度の部屋で、先客がひとりいた。

「よう、ずいぶん若い兄ちゃんが来たな。何をやったんだ？」

と、五〇前後にみえる男は聞いた。エキナカの住民らしく色は白いが、手だけが何やら汚れて黒ずんでおり、肉体労働者のように見える。

「ただの無銭飲食だよ」

ヒロトは答えた。

「そうか。そりゃ災難だったな。学生か？」

学生、というものがどういうものか分からなかったが、とりあえず応じたほうが無難だと思った。ドアの外にはさっきの志尾駅員が立っているのが見えた。余計な会話をして、身元を勘ぐられるのは避けたかった。

「そんな感じのだ」

部屋を見回すと、ベッドが四つにトイレがひとつ。ドアは普通に金属扉で「非常口」のプレートがあり、カギは内側からかけるタイプだったが、外に無理やり南京錠を設置したらしい。おそらく横浜駅が生成した部屋を、改造して留置場として使っているのだろう。天井には電灯がひとつ。壁と床はコンクリート。

「まあ、無銭飲食程度なら大した目には遭わされねえよ。就職に困ったら俺と仕事しようぜ」

「なんの仕事だ？」

「煙草売さ」

男は自分の仕事の概要を説明した。まず発掘屋が横浜駅のあちこちに生えてくる自販機を見つけ出す。もちろん駅設備なので破壊すると自動改札がやってくるが、Suika を使えば正規に購入できる。それをしかるべき客に渡して、自販機から購入した額の数倍の金額を受け取る。という具合だ。

エキナカは基本的に禁煙とされ、違反した場合は自動改札に捕まることになるが、所定の「喫煙所」を使えば問題はない。だが自動改札とは別に、駅員が独自に「喫煙所」も含めた喫煙を禁止し、罰金を徴収していた。

「あいつらは何でもいいから規制しやがる。横浜駅と自動改札の理念に従い駅の治安を守りまーす、とか言ってやがるが、実際は自動改札が黙ってるところに勝手に規制して仕事を増やしたいんだ。その上に何かにつけて税金を要求してくる、ろくでもない連中だぜ」

ヒロトは男の話を聞きながら、脱出の算段を練っていた。窓もないコンクリ部屋だ。ドアは外側から南京錠でロックされているが、南京錠はおそらく駅設備でないので破壊しても自動改札に捕まる恐れはない。だがドアを破壊せずにどうやって南京錠を破壊できるか？

「俺はこう見えてもちっとは名のしれた煙草の運搬屋でな。横須賀周辺の自販機発掘は大体俺の指揮下にあると言っていい」

「でも捕まっちまったんだろ？　これからどうするんだ」、

「なあに、俺くらい組織的になると問題ないのさ。ここの二等駅員が実はひどいヘビースモーカーでな、俺はそいつと仲がいい。明日《あした》、子分が一カートンでも持ってくれれば、それで放免してもらえるのよ」

だとすればそれが脱出の機会か、とヒロトは思った。弱々しい佐藤駅員ひとりなら問題なくねじ伏せられる。だが比較的体格のいい志尾が相手だったり、二人以上で来られると難しい。話を聞く限りで駅員が武器を持っている可能性は低いが、暴力沙汰《ぼうりょくざた》を起こすと自動改札に追い出されるというルールが18きっぷ使用者にも適用される可能性がある。

いずれにせよ、チャンスがあるとすれば明日だ。今は休んで体力を温存しよう。ヒロトはそう決めてベッドにもぐり、煙草臭のする布団をかぶった。

だがチャンスは予想よりも早く訪れた。

2. 構内二万営業キロ

20,000 KILOMETERS IN THE YARD

夢の中でヒロトは子供の頃を思い出していた。

変化の少ない岬の生活でも、少年時代の記憶というものはどれも鮮烈に残っている。いちばん印象にあるのは、彼が八歳のとき、九十九段下の下りしかないエスカレータを登りきったことだった。容赦なく下り続ける階段に抗って、体中の血液が沸騰するような熱を感じながら、一時間くらいずっと登り続けていたような気がする。もちろん子供の体力がそんなに持つ訳がないので、実際はせいぜい五分か一〇分くらいのはずだ。

銀色のランディングプレートに飛び込んできた少年を見て、当時の「掃除人」がびっくりした顔で「三島さんとこの子だよね？」と言ったのを覚えている。それから彼の手をひいてゴミの山を抜けて、「エキナカ」との境界まで行ってくれた。設置された六体の自動改札は一人の顔を見るなり、

「Suika を確認できません。申し訳ありませんがご入場はできません」

といって両腕で壁をつくり、エキナカへの道を阻んだ。

ヒロトが初めて見た自動改札の姿だったが、何の感慨も持たなかったことを覚えている。それはただの背景の一部だった。

エスカレータを降りて報告すると両親はすごく喜んでくれた。九十九段下のエスカレータを登りきることは岬の子供たちにとって「一人前の証」であり、八歳というのは大人たちの知るかぎりで最年少記録だった。

他の子供たちは「ヒロすげー」と口々に賞賛し、彼はちょっとした村の英雄になった。家でお祝いが行われた。隣に住んでいた教授も招かれた。当時の教授はまだほとんど言葉が通じなかったが、何か祝うべき事があったのを理解したらしく、彼の言語で祝辞らしいものを述べた。少年時代の自分にはその言葉が、まるで子供を大人にする魔法の呪文のように思えた。

身体が成長するにつれて、エスカレータを登りきるのは徐々に簡単になっていった。一〇歳のときにマキも登れるようになり、十一歳でヨースケも登れるようになった。同い年の子供たちが徐々に上の広場に集まって、ゴミの山から使えそうなものを漁って遊ぶようになった。そうして自分は、岬の英雄ではなくなっていった。

あるとき、ヨースケとマキと三人で、エスカレータを登りきった先の広場で、棄てられたペットボトルをならべてボウリングごっこをしていた。だがヒロトの暴投でサッカーボールはあらぬ方向に転がり、自動改札の向こう側に行ってしまった。ほんの数メートル向こうにあるボールをどうにか取り返そうとする子供たちを、自動改札は阻んだ。

そのサッカーボールはもう二度と戻って来なかった。

そうして彼は理解した。エスカレータを登りきって「一人前の証」を手に入れても、自分の世界はせいぜい数十メートルしか広がらなかったということを。

どれだけ成長を重ねても、自分たちの可能性はそこで終わっているということを。

かたかた、と小さな音がして、ヒロトは目を覚ました。目の前にはひとりの子供がいた。見覚えのない格好の子供だった。

目線の高さに腰のあたりがある。ベルトにはヒロトの見たことのない道具がいくつも括《くく》りつけられている。顔はよく見えない。天井に埋め込まれた常夜灯が逆光になっているからだ。

こんなに暗いのはなぜだろう。まだ夜が明けていないのか？　目をこらすと、子供の背後には煙草売の男が寝息をたてている。ああそうか、今おれは横浜駅の中にいるんだった。それで駅員とかいう連中に捕まって、留置場に入れられたのだ。思い出すと、とたんに口の中に残っている昼間のカレーの感触が気になり始めた。

再び目の前の子供を見た。なぜここに子供がいるんだろう？　駅員の仲間には見えない。急に視界が真っ赤に照らされて、ヒロトの思考は中断した。それがその子供の持つ細長い電光掲示板のものだと気づくまで数秒かかった。

『◆起こしてしまって申し訳ありません。』

電光板には横一列に文字が流れていく。

『ここは単に通過するだけなので、できれば騒がないでいただけると助かります。◆』

「待て。あんたは何者だ？　どこから入ってきたんだ」

ヒロトは布団から這《は》い出て、煙草売を起こさないように、声を抑えて喋《しゃべ》った。ベッドに腰掛けている自分と、立っている子供の背丈が大体同じくらいだった。

『◆ただの通りすがりです。部屋に穴を開けたことは謝りますが、しばらくすれば塞《ふさ》がるのでご安心ください。ですが、ここはあなたの家というわけではなさそうですね。◆』

電光板はそう言い、彼（たぶん男だ）は天井を指した。見るとそこには、下水路のマンホールよりも一回り小さい穴がある。人ひとりが辛うじて通れそうな大きさだ。

「お前がこれを開けたのか？」

『◆そうです。この上の通路を通っていたのですが、出口がなかったので仕方なく。』

電光板にはそう表示された。妙なことに、彼はその電光板に文字を打ち出すのに指一本動かしていないようだった。操作盤らしいものも見当たらない。

『ところで、先ほどあなたが眠っている間に、勝手ながら特性脳周波を確認させていただいたのですが、あなたは Suika をインストールしていませんね。どうやってここに来たのですか。◆』

ヒロトは少し躊躇《ためら》ったが、この子供の持つ技術力を鑑みて嘘をつくのは得策でないと判断した。

布団の中に入れておいたカバンから、小さな箱状の端末を取り出した。

「これを使った。これがあれば、期間限定でエキナカに出入りできるんだ」

『◆これは18きっぷですね。存在はユキエさんから聞いていたのですが、実物ははじめて見ました。◆』

「そうだ。おれはこいつを諸事情で手に入れて、興味本位でエキナカに来たただの観光客なんだ。こっちの慣習を知らないもんで駅員に捕まっちまって、このまま期限が切れたら自動改札が来て外に放り出されてしまう」

煙草売の男が「うーん」と唸《うな》ってごろりと寝返りを打った。ヒロトはまた声を抑えて言った。

「ここから出たい。手を貸してくれないだろうか」

彼は少し考えてから言った。

『◆いいですよ。ただし交換条件として、その18きっぷを期限が終わったあとに僕に譲ってください。弊社で構造を調べようと思います。◆』

「いいぞ、使用後でいいのなら」

『◆では交渉成立ですね。今からここを出ますので、ちょっとその布団でこれを覆っていただけますか？　はい。そんな感じで。では行きます。◆』

そう言うと彼は、ベルトから懐中電灯のような筒を取り出し、床に向けてスイッチを入れた。思ったよりも強烈な光が出て、煙草売の男がまた「うーん」と唸った。ヒロトは慌てて、隣の空いているベッドの布団も剝《は》いで重ねた。それでようやく光を封じ込めた。


半時間ほど床を掘り続けて、二人は留置場の下にある通路に出た。常夜灯だけの留置場に比べればだいぶ明るいが、カビ臭さから判断するにもう使われていない旧道のようだった。横浜駅でも横須賀のような都市は人通りに合わせていくつもの通路が生成するが、新しい通路は上に積み重なるため、下に行くほど使われていない旧道が多い。

「わりと近いところに通路があって良かったですね。ひとまず横須賀からは離れたほうがいいでしょう。よその都市に行けば駅員も別系統なので、捕まる心配はないですよ」

そこではじめて彼は自分の声で喋った。子供とも大人ともつかない中性的な声だ。ガラスの曇りきった案内板からどうにか「鎌倉方面　徒歩１２５分」の文字を読み取ると、二人はその方向に歩き出した。

少年の背丈はヒロトの半分ほどしかなかった。九十九段下のエスカレータを登りきったときの自分よりも、もっと小さいように見える。六歳か七歳くらいじゃないだろうか。エキナカの人間は全体的に自分よりも小柄ではあるようだが。

「いろいろと聞きたいことがあるんだが、……まず、何だ？　その、懐中電灯みたいなのは」

そう言って、さっき留置場の駅に穴を開けた機械を指した。

「これは構造遺伝界のキャンセラーです。弊社が開発しました」

「構造いで……？」

そんな言葉を教授が使っていたような記憶があったが、あまり真剣に聞いていなかったので思い出せない。

「簡単に言えば、これを照射するとその部分が横浜駅ではなくなるんです。そうすれば簡単に崩せますし、自動改札も反応しません」

彼の説明はヒロトには「このボタンを押すと太陽が西からのぼります」と言っているように聞こえた。いったん生成された横浜駅が人の手で崩せないというのは、それくらい確かなことだったのだ。

「まあ、駅管理局のつくった留置場に穴を開けてしまったのはちょっと申し訳なかったですが、数日もすれば周辺のコンクリートが寄ってきて塞がるので、問題ないでしょう」

「駅管理局ってのは何なんだ、横浜駅に管理者なんているのか？　人間に管理できるようなものじゃないと思ってたんだが」

「このあたりの住民の一部が、勝手に管理者を名乗ってるだけですよ。僕も今まで色々な管理組織を見てきましたよ。地域によって警察とか、乗務員とか、政府とか、色々呼び方がありますけど、駅員というのが一番多いですね。ちょっと偏狭な人が多いので、仕事上トラブルになる事があるのですが」

ヒロトはそれから、目の前の少年をじろじろと見て考えた。地域によって？　仕事？

「……もしかしたら、あんたは『キセル同盟』のメンバーなのか？」

「キセル同盟？」

「おれに18きっぷを託した連中だ。おれはその『リーダー』の救出を頼まれて来たんだ。人類を横浜駅から解放するとか言っている」

「ふむ」

彼は数秒ほど黙って、

「そういう組織の存在は弊社も把握していますね。ただ、彼らはこういう道具を作る技術力は持っていないはずです」

確かにそうだ、とヒロトは思った。自動改札に追放されて九十九段下に逃げてきたあの男の印象と、いま目の前にある高度な技術力のイメージはどうにも合わない。

「ええと、それに、その組織の主な活動はスイカネットの支配だそうです。自動改札を制御しているスイカネットを乗っ取ることでの横浜駅からの解放を目標としているそうですね。物理的な防衛力は、彼らには本来必要のないものです」

そういう話は初耳だった。あの東山という男は解放の理念ばかりを熱く語っていたが、具体的な組織の活動内容についてはほとんど触れた記憶がない。

「物理的な防衛力」

ヒロトはそこでようやく、目の前の少年の正体に気づいた。

「そうか、あんたはこの本州の外から来たのか」

「そうです。ああ、自己紹介が遅れましたね。僕はネップシャマイ。JR北日本から派遣されてきた者です」

◆

「ここまで来るのに一年かかりました」

JR北日本の工作員、ネップシャマイは語る。横須賀《よこすか》から旧道を歩くこと一時間、鎌倉までの道のりはあと半分ほどだ。この小さな工作員は体格のわりにヒロトよりも歩くのが速く、それでいて全身を忙しく動かしている様子もない。無駄のない動き方、という印象だ。

「道中いろいろな人達と出会いました。エキナカの人たちは、横浜駅に対してさまざまな価値観を持っているものですね。例えば岩手のあたりには、有名な大堤防があるのですが、あのあたりは駅は神聖なものとして信仰されているんですよ。冬戦争から国土を守るために横浜駅が生まれた、とかなんとか」

「なあシャマイ、あんたは工作員なのに、そんなに素性をべらべら喋って大丈夫なのか？」

ヒロトが聞くと、小さな工作員は笑って言った。

「誤解があるようですが、僕はべつに横浜駅の住民と敵対しているわけではないんですよ。我々の目的はあくまで、横浜駅の北海道上陸阻止です。僕の任務は一般情報収集なので、内地の方々と話すのも任務の一環なんですよ。どこにどんな情報が転がっているか分かりませんからね」

そういうものか、それもそうだなあ、とヒロトは思った。彼の持つ工作員のイメージは、たまにスイカネットから流れてくる戦争映画のものだった。まだ日本とかアメリカとかいった人間による政府が機能して、人間と人間が領土をめぐって争っていた時代のものだ。

「そういえば、おれが子供の頃に北海道の防衛線が突破されたって噂《うわさ》を聞いたんだが、あれはデマだったのかな」

「いいえ。それは真実ですね。一度は突破されたんですよ。構造遺伝界が函館《はこだて》のあたりまで浸透していたそうです」

ネップシャマイはさっき留置場に穴を開けた小さな筒を取り出した。「構造遺伝界キャンセラー」だ。

「これで何とか海峡まで押し戻したんです。ユキエさんの技術です。あの人がJR北日本の技術責任者に就任してから、おそらく人類史上で初めて、横浜駅を押し返すことに成功したんですよ」

彼は自分のことのように誇らしげに言った。


横浜駅が海を渡れないことは、その拡張の始まりから知られていた。

東京湾に臨む位置に端を発した横浜駅は、ほぼおなじ速度で北と西に向かって膨張し、数年後には周辺の空港を呑《の》み込み、アクアラインと呼ばれた自動車道路を伝って房総半島に渡った。この時点で東京への物流はほとんど遮断され、首都としての機能は完全に停止した。日本政府は拡大する横浜駅に追われて北へ北へと逃亡したが、やがて山河を転がる岩のようにその身をすり減らしていった。どこで消滅したのかは歴史に伝えられていない。

この増殖する建造物が本州の北端まで辿《たど》り着いたのは、増殖開始から一世紀半ほど後のことだった。河川程度の幅であれば連絡通路を延ばせる横浜駅であったが、二〇キロ近くある津軽海峡を渡ることはできない。青森の北端・大間崎では、横浜駅が北海道に向けて連絡通路を延ばしては、自重に耐え切れず崩落していく様が地元住民に何度も目撃されている。

横浜駅の上陸を阻止するJR北日本にとっての唯一の懸念は、青函《せいかん》トンネルを通じた横浜駅の侵入であった。トンネルを埋めても意味は無い。構造遺伝界は鉄骨やコンクリートを通じて伝搬できるからだ。すでに建設されたトンネルを地下から取り除く技術は、当時の人類には無かった。

「横浜駅は少しずつ進化しているんですよ。より正確には、少しずつ波形の違う構造遺伝界の重ねあわせ状態にある横浜駅が、撃退戦のたびに弱い成分を失っていくので、平均として強くなっているんです。四〇年以上拮抗《きっこう》していた青函トンネル防衛線が破られたのもそのためです」

「そうか。それじゃその武器があっても安心、というわけにはいかないんだな……」

「ええ。我々の仕事はこいつの進化を上回る速度で新兵器を開発するか、新たに弱点を見つけ出すことです」

彼は足で地面を指して言った。

「なあ、北海道ってのはどういうところなんだ？」

「広いですよ。自然の地面が、見渡す限りずっと広がっているんです。地球の丸さが分かるくらいに。とても綺麗《きれい》です」

「そりゃすごい。一度見てみたい」

ヒロトは「地面」が一面に広がる様子を思い浮かべてみたが、どうもうまくイメージが湧かなかった。彼にとっての地面とは、そびえ立つ横浜駅と海との間にへばりつく、茶色と緑の弱々しい付着物だった。

「先程の留置場を通る前、駅の屋上から地形観測をしていたんですよ。富士山も見えました。真っ黒でした」

今は黒富士の季節だからな、とヒロトは思った。

「北海道にも羊蹄山《ようていざん》という山があって、姿が昔の富士山に似ていたということで蝦夷《えぞ》富士とも呼ばれているんです。でも、今の富士山よりはずっと綺麗です。我々はなんとしても、横浜駅の北海道上陸を阻止しなければならない」

ネップシャマイは語気を強めて言った。

彼の話を聞いているうちにヒロトは何やらばつが悪い気分になってきていた。九十九段下の岬は、歩いて一時間で回れる狭い土地だ。彼は横浜駅から勝手に流れてくる物資に依存して暮らし、たまたま18きっぷを手に入れて好奇心で観光に来ただけの身の上だった。この北海道の工作員のように心から守りたいものを持ったことは無かった。

「なあシャマイ、JR北日本では、キセル同盟という組織のリーダーについての情報は持っていないのか？　おれの目的は、そいつを探しだすことなんだが」

「もちろん、その組織も接触すべき重要なターゲットのひとつではありますが」

「やはり見つけるのは難しいか。なんたって、何年も自動改札の手からも逃れているくらいの人物だ」

ネップシャマイはそこで足を止め、少し考えこんだ。

「それは逆にヒントかもしれませんね。横浜駅で自動改札から長く身を隠せるところはありません。

あるとしたら、外です」

「……そうか、『駅孔』か」

九十九段下に追放されてきた東山が言っていた。地形その他の都合で横浜駅が伸展しなかった穴ぼこが、横浜駅のあちこちに存在するという。

「でもそんな場所は山程あるんだろう？　横須賀のまわりだけでも複数あるらしいし」

「ヒロトさん。あなたに18きっぷを渡した人物が鎌倉まで逃げてきたと言いましたね。だとしたら、キセル同盟もその時点で、関東からそう遠くない場所に存在していたと見るべきでしょう。だとしたら」

ネップシャマイはベルトからまた別の、カード状の器具を取り出した。壁に向かってスイッチを入れると地図が表示された。

『首都圏駅孔マップ』

とタイトルにはある。

「そんな便利なものを持っていたのか」

「いえいえ。さっきの留置場で寝ていた方の端末から拝借しました。まあ、餅《もち》は餅屋ってことですよ」

工作員は顔の半分だけ笑ってみせた。

「なんであいつがそんなものを持ってるって分かったんだ？」

「駅孔は喫煙所として使われる事もあるんです。あそこは自動改札の管理が及びませんからね。なんでもアリです」

そう言って二人は地図を見た。

「駅孔は多数ありますが、人が長く潜伏できるほど大規模な場所は多くありません。とくに平地は横浜駅が伸展しやすいので駅孔が少ないですね。この中で、海を目指して逃げた人が鎌倉に辿り着きそうな場所というと」

彼は「甲府」と書かれた点を指した。広大な盆地を取り囲むように駅孔を示す赤点が散在してる。

「まずはここを当たりましょう」

「でも、そんなところまで歩いて行けるのか？　おれの18きっぷの有効期限はあと四日しかないんだ」

地図を見るに、甲府までは一〇〇キロ以上ありそうだった。ヒロトが想像したこともない距離だ。

「甲府に行くならいい方法がありますよ。まあ、鎌倉についたら説明しましょう」

そう言って二人は足を進めた。


「待ってくれ、シャマイ」

ヒロトは先を歩くネップシャマイを止めた。

「おれたちは同じところをぐるぐる回ってるようだ。この看板はさっきも見たし、あのへんのタイルの配置も、配管もまったく同じ形をしている」

「いいえ。ちゃんと進んでいますよ。スイカネットから位置情報を取得できるんです。ほら」

そう言ってネップシャマイは電光板に地図を表示した。どうやら自分たちがこれまで通った経路を記録しているようだった。通路は蛇のようにうねりながらも、全体としては東から西に進んでいた。

「これは反復配列ですね。駅が同じ構造を周期的に繰り返しているんです。初期に生成された通路にはよくあるんですよ」

ムカデの体節みたいなものなのだろうか、とヒロトは考えた。

「増殖初期の横浜駅は、まだ建築物としての情報が少なかったので、同じ構造の繰り返しパターンが多かったんです。拡張するにつれて構造遺伝界が各地の情報を取り込んだので、新しい構造ほど多様性が高くなるんです。駅構造ダイバージェンス過程と弊社では呼んでいるのですが」

そう言って彼は周辺の配管をぐるぐると見渡すと、

「ここはまだ横浜市にも近いし、ごく初期の駅構造がそのままの形で保存されているようですね。貴重な情報源です」

と嬉《うれ》しそうに言った。

「横浜市、ってのは何だ？」

「横浜駅の増殖起点となった都市ですよ。都市といっても人間がつくった都市なので、大部分が屋外に露出していたのですが。冬戦争の前までは、人口一〇〇〇万人の港湾都市として栄えていたらしいです」

「都市がまるごと屋外に出ていたのか」

「札幌は今でもそうですよ」

「札幌？」

「北海道にある都市です。弊社の本拠地です」

屋外に広がる都市。そういう風景をイメージしようとしてみたが、ヒロトには九十九段下の岬を大きくして視界一杯に広がる姿しか頭に浮かばなかった。どう考えても、一〇〇〇万もの人間が「屋外」の都市で生きている事がうまく想像できなかった。

彼はずっと小さな岬で暮らしていたが、自分たちの暮らす「屋外」という場所がこの世界からはみ出た存在である事は、目の前にそびえる横浜駅の存在から否応なく自覚させられているのだった。

「そういえば」

歩きながらヒロトはふとつぶやいた。

「あんたは『42番出口』というものについて何か知らないか?」

「42番?」

「ああ。おれのもうひとつの目的地なんだ。前にネット端末で調べたら、どこかの山の中にあるらしいんだが、正確な場所が分からなかった」

「それは変ですね。二桁《ふたけた》の出口なら、おそらく横浜市周辺にあるのではないでしょうか? 駅の出口は生成された順に通し番号がついていくものなんです。横浜市というのは港湾都市でしたから、そんな高い山はありません」

「そうか。おれの調べ方が間違っていたのかな」

「一度できた出口が移動するトランスゲート現象というものはあるのですが、あくまで偶発的なイベントであり、そこまで長距離を移動することはないと弊社は分析していますね」

しばらく歩いて行くと、どうにか反復配列を抜けたらしく、少しずつ配管の形や看板のデザインが違ってきた。遠くの壁に目をやると、半分ほど開いたシャッターがあった。

シャッターの向かい側には、座ったままの自動改札が一体置かれていた。ヒロトの知っている自動改札と少し形状が違っていた。もう長いこと動いていないようだった。金属製のボディの表面は、何かヌメヌメした液体で覆われている。

シャッターの中は暗いが、茶色の段ボール箱が大量に置かれているのが見て取れた。

「なんだろう、ここは?」

とヒロトは言った。

「何かの倉庫のようですね。見てみましょうか」

「ああ」

シャッターは錆《さ》び付《つ》いているのか全く動かなかった。ヒロトは大きくしゃがんで一メートル程の隙間をくぐった。ネップシャマイはそのまま歩いて入った。

中にはウウーン、ウウーンという低い機械音が鳴り響いているが、自動改札の気配は無い。

段ボールはヒロトの目の高さまで積まれていたが、ホコリはたまっていない。つい最近ここに置かれたもののようだった。

いちばん上にある箱を一つ持って床におろした。箱は思ったより軽く、機械類が入っている訳ではなさそうだった。開いてみると、中にはシャツがぎっちりと詰まっていた。何枚か見てみると、デザインもサイズも全て一緒のようだった。

「どうやら衣類の流通経路のようですね」

ネップシャマイは言った。

「新品なのか」

「はい。同じものがこんなに大量にあるのは、そういう場合です」

「これが、全部そうなのか」

ヒロトは手で倉庫全体を指して言った。

「普通に考えるとそうなりますね」

そう言ってネップシャマイは電光板のスイッチを押して、倉庫内の壁をあちこち調べはじめた。

「そこに動く歩道があります。おそらくあの先に、衣服の生産施設があるのでしょう」

黒いベルトコンベアの上に段ボールがいくつも載っていて、こちらに向かって流れてきていた。

ヒロトはそれを一瞥《いちべつ》して、段ボールの山から次々と箱を取り出しては開けていった。

「おれの故郷では廃棄品しか流れてこないんだ。破れた古着とか、期限の切れた食べ物とか」

ヒロトはどうにかこのうちの一箱でも九十九段下に持って帰れないかと考えた。自分には少しサイズが小さすぎるようだが、岬に持っていけばみんな喜ぶだろう。Suika がないと買い物すらできない事には消沈していたが、これだけあるなら一箱くらい持って帰っても問題ないではないか。その時、

「おい、そこにいるのは誰だ」

倉庫の奥から濁った声が響いた。ずかずかと足音をたててこちらに近づいてくる。ネップシャマイはすばやくそちらに向かって歩いていった。

「てめえ、何こんなところでサボってやがるんだ？　早く積み出しの仕事に戻れ」

という男の声が聞こえた。ヒロトは慌てて段ボールをもとの場所に戻そうとしたが、焦って逆に山から箱をひとつ崩してしまった。ばさん、と大きな音が倉庫に響いた。

シャッターの向こうで明かりが灯るのが見えた。自動改札のディスプレイが点灯し、こちらを見ているようだった。しかし歩き出す様子はなかった。どこか動力部分が故障しているのかもしれない。

「失礼ですが、僕はここの従業員ではありません。人違いではないでしょうか？」

というネップシャマイの声が聞こえた。

「ああ？　ああ、うん、確かにな。いくらうちでもてめえみてえな小さいのは雇ってねえ。じゃ泥棒か。おい、そっちのおめえが親玉か？」

という声が聞こえた。崩れた段ボールの隙間から、三〇代ほどの男の顔が見えた。ぎょろりとした目でこちらを見ている。目線の位置はヒロトより頭ひとつ半ほど小さいが、それは身長差だけではなく、男のひどい猫背のせいでもあった。

「待ってくれ、誤解だ。おれたちは泥棒じゃない。ただの旅行者で……」

と言ってみたが、そこら中に蓋《ふた》の開いた段ボールが散乱しており、しかも自分はたった今、それを持って帰ろうとしていたところだったのだ。

「ここはあなたの倉庫なのですか？」

ネップシャマイは特に気にする様子もなく言った。

「ああ。おれが見つけたんだ。この上の方にいつも衣服が出てくる場所があったからな、その先をたどってみたら、ここにたどり着いたんだ」

そう言って猫背の男は懐から小さな端末を取り出して、画面に何か表示してヒロトに見せた。

「ほら、証明書だ」

画面には「駅設備発掘証明」と書かれた文章が表示されていた。この倉庫の位置座標と、発見者の氏名および Suika ID と、独占的な所有権が二〇年間にわたって存在する事が記されている。最後に「横須賀《よこすか》駅管理局」の印がある。

猫背は段ボールが開けられているのを見ると、

「おい、商品を汚すんじゃねーよ。弁償しろ」

と唾《つば》を飛ばしながら叫んだ。箱を開けただけで「汚した」と言われるのがヒロトには理解できなかった。新品の衣服というのはそういう扱いなのだろうか。

「金は持ってない」

そう言うと男はヒロトの服装をじろじろ見て「金が無い」ということに全面的に納得したらしく、

「しゃーねーな。じゃ、てめえが代わりに仕事をしたら勘弁してやるよ」

と言った。

「仕事？」

「ああ。ここにある商品を、上にある店まで運ぶんだ。ほれ、あっちに階段があるだろう」

そう言って男は倉庫の反対側の奥を指した。そちらは電灯がついていて明るかった。金属製の手すりがあって、その左側に「のぼり」、右側に「くだり」という文字と矢印が書かれている。エスカレータと違って動く様子はない。

「このへんにあるものを運べばいいのか？」

「階段を上ったら廊下がある。そこに古いエレベータがあるから、その前まで持って行くんだ。二〇箱で勘弁してやるよ。三時間でやれ」

「わかった」

ヒロトは段ボールの前にしゃがみ込むと、

「シャマイ、ちょっと荷物持っててくれ」

と自分のカバンをネップシャマイに渡した。ネップシャマイはそれを両手で受け取ると、重さのせいで少しよろけて二歩後ろに下がった。

18きっぷだけは取り出して、ズボンのポケットに入れておいた。これがあればいつ自動改札が現れても問題ない。

五段に積まれた段ボールを両手で二列掴《つか》んで、ぐっと持ち上げ、階段のほうに歩いて行った。

「うお、思ったより重いな」

とヒロトはつぶやいた。左右で重さが違う上に、持ち上げた箱がヒロトの身長よりも高くなったので、前が全く見えなくなった。

「その方向で合ってますよ。まっすぐ進んでください。点字ブロックのところから階段です」

というネップシャマイの声が聞こえた。すり足で少しずつ進むと、途中で足元に凸凹の感触が伝わってきた。

金属手すりの左側が「のぼり」だったはずだが、そちら側は幅が狭く、段ボール二列を持ったままでは上れそうになかった。ヒロトはそこで立ち止まった。

「大丈夫ですか?」

というネップシャマイの声が聞こえる。

「なあ、これって、くだりの方を上ってもいいのか?」

「ええ。問題ないですよ」

だったら何でそんなものを書くんだろう、と思いながら階段を上っていった。階段は思った以上に長く、途中で何度も踊り場があり、そのたびに箱を一旦《いったん》床に置いて、まだ「廊下」に達していないことを確認する羽目になった。

箱を廊下に置いて倉庫に戻ると、男が驚いた顔でヒロトを見ていた。一般的に力の弱いエキナカの住民にとって、一〇箱も同時に持ち上げる彼の筋力が想定外だったようだ。

「あと二〇箱だな」

ヒロトは肩をぐるぐると回して再び段ボールを一〇箱持つと、

「前が見えなくてやりづらい。シャマイ、ついてきてくれ」

と言った。

「いいですよ」

ネップシャマイはヒロトの脇について、「もうすぐ踊り場があります」「そこで左に曲がります」と的確に指示を出した。おかげで二往復目はだいぶ楽に上りきった。

「高低差は十四メートルですね。五階層分くらいでしょう」

ヒロトが段ボールを置いたところでネップシャマイが言った。

「普通はこういう場合はエレベータやエスカレータが生成されるのですが、底が旧道なので使う人がいないのでしょうね。階段しかできなかったので、あの男が見つけるまで誰にも発見されなかったのでしょう」

「こんな普通の道があるのに?」

「エキナカの人達にとって、どこまで続くか分からない階段というのは、ちょっとした恐怖なんですよ」

ヒロトにはその感覚がまったく理解できなかった。九十九段下の下りしかないエスカレータを何度も逆走した彼にとって、こんな動かない階段のなにが恐怖なのだろうと思う。

二往復目を終えて倉庫に戻ると、

「おい兄ちゃん、大したもんだな。よかったらうちで働かないか？　ちゃんと月給も出すぞ」

と男が言った。

「いや、おれは通りすがりだ。あまり長居する暇はないんだ」

そもそもあと四日しかエキナカに居られないし、月給を受け取ろうにもSuikaを持っていないのだった。

ヒロトはまた段ボールを一〇箱掴んで階段を上った。仕事の確認をするためか、三回目だけは猫背男もついてきた。三時間以内と言われたが、十五分もかからなかった。

「仕事はこれで全部だな。じゃ、おれたちは行くぞ」

エレベータの前に三〇箱を揃えてヒロトは言った。

「ああ、ご苦労さん」

そのとき、廊下にある古いエレベータの扉ががらっと開いた。中から出てきたのは三人の子供だった。男の子が二人と女の子が一人だ。十二歳前後で、ネップシャマイよりひとまわり体が大きい。

「ああ、てめえらの今日の仕事はナシだ。もう今日の分の運び出しは終わったからな」

男がそう言って、

「これ、もう運んじゃったの？」

子供たちがヒロトのほうを見て言った。

「あなた方がこの倉庫の従業員なのですか？」

ネップシャマイが子供たちに向かって言った。子供たちは、大人びた喋《しゃべ》り方をする年下の少年に戸惑った顔を見せつつも、

「お金が返せなくなるよ」

と言った。

「あの男に借金をしてるのですか？」

「うん。あと三八万ミリエンあるんだ」

「ぼくは四一万」

「わたしは三六万」

子供たちが口々に答えた。自分が四〇〇ミリエンの食い逃げで捕まったことを考えると、彼らの言っている金額が相当な額であることはすぐに分かった。

「運び出しの仕事で、借金を返済しているというわけですか」

「うん。一日一〇〇ミリエン」

「三年前からやってる」

「でも今日はナシになった」

そう言って子供たちは恨めしそうな目でヒロトを見た。

「あの倉庫はキュウが見つけたんだ。それをあいつが横取りしたんだ」

「キュウって？」

ヒロトが聞いた。

「キュウはもういない」

「六歳になったから、かいさつに連れていかれたんだ」

子供たちは淡々と喋っていた。起きた事に対する感情の表し方がよく分からないからそうしているように見えた。

それからしばらくすると、またエレベータの扉が開いた。子供たちは黙ってそれに乗って、上に帰っていった。

あたりは静かになった。ヒロトとネップシャマイは、そのまま「鎌倉方面」と書かれた方向に向かって歩き出した。

「なあシャマイ、なんでエキナカはこんなに物があるのに、ああやって所有権がどうのこうの言って取り合いをしてるんだ？」

ヒロトは言った。

「おれの故郷は廃棄品しか流れてこないところだけど、それで十分やっている。流れてくるものは皆で分けあってるし、あんなふうに子供を働かせたりはしない」

「おそらくあの子たちは、何らかの事情で親がいないのでしょうね。それであの男がSuika導入費用の肩代わりをして、そのぶん働かせている、ということでしょう」

ネップシャマイは歩きながら言った。彼はまだヒロトのカバンを持ったままだった。

自分たちの歩いている通路は、倉庫のある旧道と違って今でも使われている道だったが、深夜帯というせいもあってか人通りはほとんど無かった。

看板は、まもなくこの旧道が鎌倉に至る新道に合流することを示していた。そこで急にヒロトは自分が空腹であることに気づいた。考えてみれば、昨日の昼に横須賀でカレーを食べて以来なにも口に入れていない。その上で肉体労働をしたものだから、全身がかなり疲弊していた。

カバンには九十九段下から持ってきた食料があるが、せっかくだから街についたら何かうまい物が食べたいものだ。Suika が無いので買い物はできないが、そのへんは彼に頼んで何とかできないだろうか。そこでヒロトはふと妙なことに気づいた。

「なあシャマイ」

ヒロトは先を歩く工作員に声をかけた。ネップシャマイは足をとめて振り向いた。

「あんたは Suika をどうやって手に入れたんだ?」

そのとき、「ぱん」と巨大な風船を割ったような音が響いた。人通りがない通路には、反射音が吸収されずに響き渡った。

ネップシャマイの体がばたんと倒れた。間髪をいれずに再びぱん、ぱんと音が響いて、倒れている彼の胴のあたりがばん、ばんと弾けた。通路に火花が飛び、細い白煙がもうもうと立った。

ネップシャマイは表情を変えないまま、黙って両腕をじたばたと動かし、首のあたりをもぞもぞと触っていたが、やがて動かなくなった。

◆

「待て、でかい方は撃つな」

低い声が通路に響いた。鎌倉行きの新道につながる扉が重々しく開かれ、大量の光が暗い通路に流れ込んできた。ヒロトは思わず目を覆った。

「そっちの男は人間だ。撃つと自動改札が来るぞ」

ゆっくりと目を開けると、扉には『非常口 Emergency Exit』と書かれた緑の看板があり、その下には制服を着た駅員が二人立っている。顎《あご》ひげを生やした男と、長銃を持った女のようだ。

「おい、お前」

髭《ひげ》の男が近づいてきた。胸のネームプレートには「二等駅員 片久里」という字が見える。

「北の工作員なんて連れて来て、どういうつもりだ？　お前は北の職員か？」

「待ってくれ、違う。おれは、おれはただの観光客だ」

ヒロトが答えると、男は足元に転がるネップシャマイの体をごろんと蹴《け》った。異常な量の蒸気がしゅうしゅうと上がる中、彼の体にはコブシ大の風穴が三つほど開いていて、その中には引きちぎられたケーブルやパイプのようなものが覗《のぞ》いている。

「これはお前のお友達じゃないのか？」

「たまたま行きずりで一緒にいただけだ」

「知り合いではない、と？」

「工作員だとは知らなかったんだ」

ヒロトはとっさに嘘をついた。

「……人間じゃないってことも」

こっちは本当だった。もちろん違和感はあった。なぜＪＲ北日本がこんなにも幼い工作員を使っているのか、そして、こんなに幼い子供がなぜああも博学なのかと。さっきの段ボール運びで見た子供達とくらべて、その違和感はより強まっていたところだった。

「ああ、そいつは仕方ねえよ。こいつはＪＲ北日本の最新型アンドロイドだ。Corpocker－3型、といったな。前世代の2型は自動改札みたいな格好をしていたんだが、こいつは思いっきり人に似せてやがる。スパイ要員のようだな。人間じゃないから Suika なしでも出入りできるし、スイカネットでも位置を把握できない。厄介なやつだよ」

「上官殿。その男からは Suika 特性脳周波が検出されません。危険です」

男の背後で長銃を持った女がこちらに照準器を合わせて言った。髭の駅員は少し不審そうな顔をしたあと、ヒロトの全身を見回して、それから左手で髭をぼりぼりと掻《か》きながら言った。

「Suika がない？　あー、そうかそうか。お前はアレだな。あれ、なんつったか。駅孔棄児だな」

「キジ…？」

「ガキの頃に親に駅の外に捨てられたんだろ。よく生きてたもんだな」

「違う。おれは横浜駅の外で生まれて、外で育ったんだ」

「ああ、知らんのか？　そんじゃ、ずいぶん世代が経ってるんだな」

男は右手で頭をかりかりと掻いた。どうにも落ち着きのない様子だ。

「いいか。説明してやるよ。横浜駅で生まれた人間は、六歳未満の幼児のうちは Suika がなくても問題ない。だが六歳になって小児になると、Suika をインストールしなきゃいけない。そのときデポジットって言ってな、五〇万ミリエンをスイカネットに支払う必要があるんだ。貧しい労働者にゃちょっと負担できない金額だ。つまり子供を産んじまったはいいが、六年以内にデポジットが用意できない場合は」

喋りながら男はヒロトの背後へ歩いて行った。そこには動かなくなったネップシャマイの身体が転がっている。

「そのガキは自動改札に捕まって、駅の外に捨てられる。外っつーか、まあ普通はそのへんの駅孔だな。たいていは一人じゃどうにもならない場所だ。長くは生きられない。ところが、広くて水や食い物が豊富なところだと、捨てられたガキどもが集まって、成長して繁殖しだすんだとよ。中にはちょっとした村になってるところもあるんだってな」

「……?」

「お前はまあ、その子孫ってわけか。どうやってエキナカに入ってきたんだ?」

ヒロトは何も言えず、ただ思わず手を出しそうになった。とっさに髭の男は両手をヒロトの肩に置いて、そのまま壁まで追い詰めた。

「まあ落ち着けよ。そんな憐《あわ》れなお前にここのルールを教えてやる。横浜駅じゃ暴力沙汰《ぼうりよくざた》は御法度だ。ここでお前がキレて俺たちを殴ったりすりゃ、自動改札が飛んできてお前を外に追い出す。まあ、お前にとっちゃ同じことかも知れんが、俺たちエキナカの住民には大変なことだ」

間近で話す男はひどく煙草臭かった。昨日の留置場で、ヘビースモーカーの駅員がいると煙草売の男が言っていたのを思い出した。

「それじゃ、エキナカで気に入らないやつがいたらどうするか。手っ取り早い方法は、大人数でそいつを捕まえて、怪我させないように鍵《かぎ》のかかる部屋に放り込んでおくことだ。何も与えずに一週間ばかり放っておきゃいい。実際、横浜駅が膨れはじめたころはそういう連中が横行していたんだとさ。だから今は、俺たち駅員がそういう密室を管理している。まあ、自動改札さんの手の回らないところを埋めてるってわけだよ」

「上官殿。回収班が来ています」

長銃を持った女が言う。

「ああ、悪いな。入って作業してくれ」

髭の男がそう言うと、すぐに若い駅員が三人入ってきた。一人が黒い袋を開けて、もう一人がネップシャマイの身体を抱えて乱暴にその袋に入れた。残りの一人は、周辺に散らばった彼の装備を拾い集めていた。

「このカバンはお前のか？」

「そうだ」

そう言うと、髭の男は黙ってそれをヒロトに投げてよこした。

「まあそういうわけで、こいつら北の工作員は、駅の建物を破壊したり、Suika を入れてる子供を捕まえて北海道に拉致《らち》したりしてるわけよ。このイタズラ狐どもにみんな困ってる。人間じゃないから自動改札もアテにできん。となれば、秩序を守るのは俺たち駅員の仕事ってわけだ」

そう言うと、髭男はヒロトから手を離した。

「お前はＪＲ北日本とは無関係のようだから見逃してやるが、せいぜいエキナカのルールは遵守してくれよな」

と言って彼はポリマー袋を背負った他の駅員たちと一緒に旧道を出て行った。扉がまた重々しい音を立てて閉まると、旧道はすっと静かになった。ヒロトはしばらくそこに立ち尽くしていた。

駅孔棄児。髭の男の言葉が頭のなかにこだましている。

Suikaのデポジットが払えずに、駅の外に捨てられた子供たちの子孫。

なぜ自分たち九十九段下の住民が、この横浜駅の住民と違ってSuikaを持たず、九十九段下の狭い岬で暮らしているのか、自分はそれまで深く考えたことがなかった。

「いや、違う」

ヒロトはつぶやいた。あの駅員の男が駅の外の事情を把握しているとは思えない。現にいま北海道や四国や九州に住む人達は、横浜駅の住民だったことなど一度もないはずだ。そういう場所が本州のあちこちにも小規模ながら残っていて、ヒロトの生まれた九十九段下もそういう場所である可能性も十分にあった。

『なあシャマイ、あんたはどうやってSuikaを手に入れたんだ?』

さっきの自分の言葉が思い出される。目に焼き付いた映像が浮かぶ。前方を歩く彼が振り向いてこっちを見て、その瞬間にあの女の駅員に撃たれた。……自分があんなタイミングで言葉をかけずにいれば、彼ならなんらかの方法で、あるいはなんらかの技術で回避できたのではないか?

考えても仕方のないことだった。ひとまずここから動かなくてはならない。だがそれにしても腹が減りすぎた。昨日の昼から何も食べていないのだ。なにか口に入れようとカバンの中に手をいれると、がつん、と硬いものが手に当たった。

取り出してみると、それは留置場でネップシャマイと出会ったとき、彼が会話に使っていた細長い電光掲示板だった。長さはヒロトの肩幅ほどで、持ってみると意外と軽い。

ふと、電光板全体がぶるんと震えた。ヒロトの持っていたところにどうやら電源ボタンがあったようだ。「JR北日本」のロゴが画面に表示され、ついで白い文字が現れる。

『超低電力状態からの復帰を行います。不正に本体から切断されたため、エラーチェックを行っています。残り2分…』

『残り15秒…』

『残り1分…』

三分ほどの間。

『エラーチェックが完了しました。』

またしばらくの間。

『◆いやいや、お騒がせして申し訳ありません。◆』

文字が赤色に切り替わった。留置場で最初に会ったときに使っていた文字だ。

「……シャマイ？」

『◆はい。僕はネップシャマイです。JR北日本から派遣されてきた者です。◆』

「生きていたのか」

『◆生きているといえば生きていますね。ボディが破壊されてしまったようですが。まったく驚きましたよ。関東の駅員が敵対的だとは聞いていたのですが、まさかあんな対人用の武器を持っていたとは。あれは冬戦争のときに使われた電気ポンプ銃ですよ。金属ならなんでも弾になるから戦争末期によく使われたんです。横浜駅では武器なんて作ってるわけがないので、四国か九州あたりで生産されているんでしょうね。◆』

文字がそれまでの倍の速度で流れだし、ヒロトは目で追うのがやっとだった。駅員に撃たれてから、ずっと黙っていたのが耐えられなかったように。

「この電光板のほうがお前の本体なのか？」

『◆そういう訳ではないです。ただボディのバッテリーと主記憶装置が突然切り離されたので、予備電源でもあるこの電光板に主記憶を移し替えたんですよ。緊急時用にそういう自動プログラムがあるんです。ただ補助記憶装置がボディの方に入っていたので、あの、大変申し訳ないんですが』

テロップが一瞬止まった。

『あなたはどちら様でしょう？　僕の知り合いの方ですよね？◆』

電光板の文字が、どういうわけか本当に申し訳ない顔をしているように見えた。

◆

「この壁がいちばん薄いです。ここに穴を開けましょう」

電光板だけとなったJR北日本の工作員ネップシャマイは、自分のほぼ全身であるディスプレイにそう表示した。ヒロトはカバンの中から構造遺伝界キャンセラーを取り出した。この工作員はそのボディの死に際に、電光板と、この武器だけをヒロトのカバンに忍ばせておいたのだった。

手にとってみると、構造遺伝界キャンセラーは驚くほど単純な外観をしていた。懐中電灯に似た筒に、出力を調整するつまみと照射のスイッチ、それとバッテリー残量を表す小さな液晶があるだけだ。底面にはJR北日本のロゴマークである狐のシルエットがあしらわれている。

人類が数百年にわたって全く太刀打ちできなかった横浜駅の膨張に立ち向かえるテクノロジーの産物とは到底思えない。

「このスイッチを押せばいいんだな？」

「はい。人体に当てても無害ですからご安心ください。ただエネルギーを無駄遣いしないように、出力は控えめにしましょう」

ヒロトはその懐中電灯を壁に向かって照射した。壁は熱したスプーンをあてられたアイスクリームのように、どろどろと溶けていった。

「ここらへんのコンクリートや鉄骨は、構造遺伝界が浸透して横浜駅化することで強固になっていますが、それを瞬間的に消去すれば、結晶構造が壊れて簡単に崩れるんです。熱したドラム缶に冷水をかけるのと一緒ですよ」

しばらくすると、壁の穴が貫通して向こう側の空間が見えた。電灯はまったく点灯しておらず、真っ暗だ。ひんやりとした空気が流れ出てきたが、今朝がた通ってきたカビ臭い旧道と違い、臭いはほとんどない。

「この穴が、甲府まで続いてるわけか」

「ええ。ところでヒロトさん、甲府には何しに行くんでしたっけ？」

「キセル同盟という組織のリーダーを探しに行くんだ。自動改札から長期間逃れているとなれば、スイカネットの届かない場所にいる可能性が高い。つまり、駅孔が集中している甲府ってことだ」

「なるほど。それは興味深いアイデアですね」

「……お前が考えたんだけどな」

ボディを失って以来、ネップシャマイの短期記憶力は著しく低下していた。彼が見たもの・聞いたものをすべてアーカイブする補助記憶装置が、ボディに搭載されていたからだ。今の彼の頭脳には、電光板の背面にはりついた小さな主記憶装置しかない。このため、ヒロトと会ってから見聞きしたものは、なんど言っても覚えられないようだった。

「ユキエさんが設計したもので、僕も技術的な詳細はよく知らないのですが」

と前置きして、彼はその小さな電光板に文字をいっぱい並べて説明した。

「いま電光板に乗っている僕の主記憶装置は、構造としてはヒトの脳に似ているんですよ。ナノユニットが無数に結合したネットワーク状になっていて、そこにデータを流し込むと、ちょっとずつネットワーク構造が変化するんです。ふだんは補助記憶装置の内容を何度も反芻《はんすう》させて、内容を定着させるんですが」

「おれと出会ってからの出来事が残ってないのは、見たことを覚えておくヒマが無かったってことか」

「そういうことです。一日に三時間くらいは外部の情報収集をシャットアウトして、反芻作業に集中するんですよ。まあ、皆さんのいうところの睡眠ですね」

どうやらこの北海道出身のヒューマノイドは、その姿形のみならず多くの点で、二四時間動き続ける自動改札とは大きく異なる存在であるようだった。

発掘作業を続けること三〇分、どうにか壁に人が通れる程度の穴が開くと、構造遺伝界キャンセラーの電池残量表示は「82%」にまで減った。

「充電機能はボディに搭載されていたのですが、こうなると電光板のバッテリーだけが頼りですね。

こういう事態は弊社もあまり想定しなかったようです。まったく、なぜ僕のボディだけが破壊されてしまったんでしょうね？　四国ならともかく、横浜駅にはそういう物理的な危険性はほとんど無いはずなのですが」

ヒロトはその質問には答えず、穴の中に入っていった。

「で、ここは何なんだ？」

音の反射から察するに、そこは途方もなく細長いチューブ状の空間のようだった。光源と呼べるものはネップシャマイの電光板しかなく、そのため彼が喋《しゃべ》るのに合わせて周囲が呼吸するように明滅した。

「ここは鉄道の跡地です」

「鉄道？　なんだそれは」

「乗り物ですよ。駅と駅を結んでいたものです」

「駅と駅？　ちょっと待て、言っている意味がよくわからないんだが。横浜駅が昔は複数あったってことか？　それで、こういうトンネルでつながっていたと」

「全然違いますが、大体そんな感じですよ」

「要するに、これはエレベータみたいなものか」

ヒロトはエキナカに入った直後に出会った、エレベータ番の中年女を思い出していた。つい昨日のことなのに、ずいぶん昔の話のように思える。

「エレベータは縦に動くものですよ」

「おれが最初に見たエレベータは、横に動くやつだったぞ」

「たまにそういうものもありますね。半島の突端みたいなところに多いです。横浜駅が細長く延びたせいで、途中で構造遺伝界の突然変異が起きるんです。そうなると、屈光性や重力屈性にエラーが起きて横に動くエレベータができたり、下りしか無いエスカレータができたりしますね」

「そうか。それじゃ、これは横に動くエレベータみたいなものってことか」

「これ、というのは何ですか？」

「いまは鉄道の話をしていたんだ」

「はい。鉄道はそうですね。ただ、エレベータよりずっと速いです。営業していたいちばん最後の頃は、東京から大阪まで四〇分で着いたそうですから」

大阪がどのあたりなのかヒロトは知らなかったが、とてつもなく速いということは何となく分かった。

「へえ、横浜駅にはそんな乗り物があったのか。スイカネットでも見たことがなかったんだが」

「これは横浜駅の一部ではありませんよ。人間が作ったものです」

「人間が？　バカなことを言うなよ、こんなでかい穴を人間が掘れるわけがないだろう」

ヒロトは首をかしげた。彼に想像できる人間の建築物といえば、九十九段下にある自分たちの住居だけだった。岬の周辺にある陸地から伐採した木や、横浜駅から放棄されてくる材料を組み立てて作ったものだ。一番大きい岬の中央の公会堂が、四〇メートル四方ほどしかない。こんなキロ単位の構造物が人間の手で作れるとはまったく信じられなかった。

「大体、人間の作ったものが、どうしてまだ横浜駅の中に残ってるんだ」

「これは超電動式の鉄道だからですね。横浜駅の構造遺伝界は、超電導物質に反発する性質があるんですよ。だから鉄道周辺の空間を取り込めず、コンクリートで覆ってしまったんでしょうね」

暗闇の中をしばらく甲府方面へ向かって歩くと、だんだん目が慣れてきて、周囲の様子が薄ぼんやりと見えてきた。

「このトンネルが、そんな何百キロも続いてるのか？」

「超電導鉄道の全長はたしか七〇〇キロくらいですね。一般新幹線や在来線も含めると、現在の横浜駅の敷地にはかつて、二万キロの鉄道が存在していたんです」

二万キロというのがどういう距離なのか、ヒロトには全く想像できなかった。九十九段下の岬は、歩いて一時間で一周できるので、おそらく五キロ程度のはずだ。

「ありました。これが車両です」

ネップシャマイが言った。ヒロトの足元には、タタミ一枚分ほどの金属製の一枚板が置かれていた。上面は突起のない平板で、四隅に何かをつなぎとめるアンカーがあるだけだ。

「貨物輸送用に使っていた小型のタイプです。この上にコンテナを置いて運ぶんです。旅客用があれば良かったのですが、まあこれでも問題ないでしょう。上に座ってください」

ヒロトが言われたとおりに金属板の上に乗ると、板は数ミリだけ下に沈んだ。どうやらこの板自体が少し地面から浮いているようだった。

「……待て、これに乗って行くのか？」

「安心してください。人体に影響のない速度までしか出しませんから。まず前方のカバーを開けて端子を出してください。はい、そうです。よし、ＡＡＴ（※）規格ですね。これなら制御可能です。僕の背面からケーブルが延びてるので、それを接続してください」

ヒロトは電光板に表示される指示通りに作業を進めた。ひととおりケーブルを接続すると、ネップシャマイはふと黙った。唯一の光源である電光板の文字がなくなると、あたりは全くの闇に覆われた。彼の両端部にある排熱ファンが回転するごうごうという音だけが周囲に響き、何やら壮絶な作業をしていることが察せられた。

「侵入に成功しました」

一分ほどして表示が復活した。

「それでは出発します。ここからだと東京方面と甲府方面に行けますが、どっちに行きますか？」

「甲府だ」

「分かりました。それでは出発しますよ。しっかり掴《つか》まっていてくださいね」

掴まれ、と言われても板上に掴めそうなものは何もなく、ヒロトは俯《うつぶ》せの体勢になり、板の前方の突端を両手で掴んだ。金属板は「すっ」と一センチほど浮いたかと思うと、そのまま音もなく前方へ加速しはじめた。

「これはちょっと計算外ですね。思ったよりも電力が足りません」

電光板に薄い字でそう表示された。

「甲府まで着きそうにないのか？」

「いえ。この鉄道はおそらく、横浜駅の電気系統とどこかで接続されているのでしょう。そちらは問題ないです」

「何が問題なんだ？」

「僕のほうです。やはりボディが無いと困りま」

そこで電光板の画面がすっと消えた。唯一の光源がなくなり、視界は真っ暗になった。金属板の加速は続いた。空気がものすごい勢いで顔にぶつかってきて、耳元ですさまじい音を立てはじめた。握った金属板が手に食い込んできた。どうもシャマイは自分で「人体に影響のない速度」と言ったことを忘れてるのではないか、と妙に冷静に考えた。

※ＡＡＴ：Almost all terminal／ありとあらゆる端子

3.アンドロイドは電化路線の夢を見るか？

DO ANDROIDS DREAM OF THE ELECTRIC WIRES?

甲府は横浜駅有数の巨大都市である。地図上で逆三角形をなす広大な甲府盆地には、まさに盆に水を注いだような形で厚さ数百メートルの横浜駅が発達し、層状の都市構造体には本州の実に一〇％以上の人間が生活している。

横浜駅の膨張にともない大規模海上輸送が消滅した今となっては、東京のような臨海都市よりも、都市間ネットワークのハブとなる内陸都市が発達しやすい。またエキナカの都市の規模は人間の都合に応じて拡張できないため、関東の平野部よりも、立体的に発達する盆地のほうが収容力の大きい都市になりやすいのだ。

このような層状都市では、上層部ほど人が集まりやすく、地価も高い。外部へのアクセスが良いからだ。こうして上層に人が集まると、さらなる上層部の生成が促される。これも盆地に注がれた横浜駅の巨大化を促す要因となっていた。

反面、都市の下層はほとんど誰も顧みない場所となっていた。ましてや最下層のすぐそばに、超電導鉄道の跡地が走っていることなど誰も覚えていない。

この誰もいない最下層の広場に、六体の自動改札が集まって何もない空間を取り囲んでいた。彼らはしきりにその金属製の両腕を伸ばし、六体のなす円の中心にいる、何もない何かを掴もうとしていた。

「あなたの Suika は不正認定されています。強制排斥を実行します」「ご不明な点があればお近くの駅員にお申し出ください」

「あなたの Suika は不正認定されています。強制排斥を実行します」「ご不明な点があればお近くの駅員にお申し出ください」

「あなたの Suika は不正認定されています。強制排斥を実行します」「ご不明な点があればお近くの駅員にお申し出ください」

そのとき、広場の隅にあるコンクリート壁がふいにぼこりと音を立てて崩れ、中からヒロトが出てきた。自動改札どうしは互いに目で指示を出すと、六体のうち二体が彼へ近づいてきた。

「横浜駅へようこそ。お客様の Suika が確認できません。申し訳ありませんが、Suika もしくは入構可能なきっぷのご提示をお願いします」

そう言われたヒロトはカバンから箱状の端末を取り出し、自動改札に見せた。そういえばこの18きっぷ、期限が切れしだいネップシャマイに渡す約束をしていたな、と思い出した。今となってはどうすればいいのか分からない。

「18きっぷを確認しました。有効期限は残り三日と十六時間です。本日も横浜駅をご利用いただき誠にありがとうございます」

二体の自動改札は恭しく頭を下げると、また先程の輪に戻り、何もない空間に向かって「あなたの Suika は不正認定されています。強制排斥を実行します」と腕を振り続けた。

センサーの故障でも起きたのだろうか、と思いながらヒロトは彼らの横を通りぬけた。広場の反対側の隅には、軍配を持った巨大な武者の像がいくつも並んでいた。どれも全く同じ造形だった。

そのさらに奥にあったエスカレータを使って、上の階層へ向かった。

人がいっぱいいた。物がいっぱいあった。

横須賀《よこすか》や鎌倉もヒロトの感覚からすれば都会だったが、甲府はスケールが違った。メインの通路の両脇には、アパレル店、喫茶店、生鮮食品店、眼鏡屋、レストラン、書店といった店が立ち並ぶ。すれ違う人と肩をぶつけないように気をつけながら、ヒロトは電気製品を扱う店を探した。

「なかやま生体電機店」

「お子様が六歳になる前に Suika 導入を！　当店は甲府のどこよりも安い仲介料で導入手続きを行います。当店より安い店があればご連絡ください」

という看板の前で立ち止まると、店主らしい中年男が声をかけてきた。

「いらっしゃいませ。御用でしょうか？」

「ここは Suika を入れてくれる店なのか？」

「ええ。Suika の仲介もやっておりますよ。お子様の Suika 導入でしょうか？　当店は今ならデポジット込みで五七万ミリエンで承っておりますが」

「いや、今は必要ないんだが」

ヒロトは少し迷って、聞いてみることにした。

「ちょっと聞きたいんだが、六歳までに Suika を入れずに外に捨てられた子供が、成人したあとに Suika を入れる方法ってのはあるのか？」

「うーん、まず捨てられた子供がそこまで成長することがあまりないですし、いても Suika の導入にはデポジットが必要で、当然 Suika を持ってないので支払えないんですよ。中に身元引受人がいて、代わりに払ってくれれば別ですが」

「技術的には問題ないのか」

「そうですねえ、うちではやったことがないですが、聞いた話によると」

そう前置きすると、店主はちょっと声を抑えて、周囲の目をはばかるようにして「聞いた話」をはじめた。それは生体電機業者の間で語られる、出処のよく分からない噂《うわさ》話だった。


むかしむかし、あるところに金持ちの男がいた。彼はある日、甲府の近くにある小さな駅外に捨てられていた九歳くらいの女の子を見つけた。親が貧乏なのか家庭の事情なのか、デポジットを払えずに外に捨てられたあと、廃棄される食べ物をあさって生き延びていたようだった。男はそれを見て「かわいそうだ」と言い、業者を呼んで女の子にSuika導入の処理を行わせ、自分の養子として育てた。まわりの人たちは、彼は人格者だと感心していた。

ところが、その男はいわゆる小児性愛者であり、その少女に夜の相手をさせていた。少女ははじめのうちは従っていたが、ある日、男の眠っている隙に、彼の家（当時の最上層でかなり広い面積を専有していたらしい）から逃げ出そうとした。

男が目を覚まし、少女が逃げたことに気づいて追いかけると、少女はとっさに廊下にあった花瓶を男に投げつけた。男は怪我を負った。少女はそのまま家から逃げ出し遠くへ逃げた。ところがそこに自動改札が現れて、少女に暴力行為によるSuika不正認定を行った。こうして少女はふたたび駅の外に捨てられた。こんど捨てられた場所は食べ物もなにもないところで、しばらくすると少女は死んでしまった。

「結局その男は、事を大きくするのを恐れて少女は病死したことにしたそうですよ」

と生体電機店の男は言った。

「ひどい話だ」

「ええ、長く外で暮らしていたせいで、エキナカの法律を分かっていなかったのでしょうね。かわいそうに」

「……もうひとつ聞きたいんだが、これを充電する道具はないかな」

ヒロトはカバンからネップシャマイの電光板を取り出した。超電導鉄道を抜けて以来、電光板はその饒舌《じょうぜつ》な赤い光を止めて、静かに眠っていた。

「うーん、見たことない端末ですね。どこのメーカーですか?」

ヒロトは口をつぐんだ。JR北日本のものだなんて言ったら、どんな面倒があるか分からない。

「まあ、こういう訳の分からないものは、一一七階層の『根付屋《ねつけや》』って店に持って行くといいですよ。あそこは変なものをいっぱい扱ってますから。そこのエレベータで上の階層へ行けますよ」

「わかった」

「まあ、店主が変な人なので、開いてる時と開いてない時があるんですが」

ヒロトは店主に礼を言うと、店を出た。

ひとまず、おそらくバッテリーの切れたネップシャマイを復活させないことにはどうにもならない。情けない話だが、甲府に行くというアイデアを思いついたのも、その手段である超電導鉄道を見つけ出したのも、それを操縦したのも、みな彼の仕事であり、ここで一人残されてもヒロトにはどうしようもないのだった。

一一七階層まで直通エレベータは無い。この巨大階層都市のエレベータは、垂直状に適当なスペースがあるところに、三〇階層分ほどをぶちぬく形で生える。人間の行き来が多い層はそれを認識してエレベータが増えるようだが、空いているスペースはそう多くないためあまり融通は利かない。ヒロトは「なかやま生体電機店」のある五九階層から一一七階層にたどり着くまで、何度もエレベータを乗り換えることとなった。

どこの階層にも自動改札が何体もいたが、どれも座ったままで動かない。八歳前後の兄弟二人が、自動改札をべたべた触り、母親が「ほらほら、早く行かないとお店閉まっちゃうでしょ」と急かしている。

ところが弟が「しうまいパンチ！　しうまいパンチ！」と言って自動改札の腰のあたりを殴り始めると母親が顔色を変えて止めた。「駅設備を殴っちゃいけません！」と怒鳴ると、周囲の人が一斉に親子のほうを見た。

駅員が駆けつけて「なにかありましたか？」と聞き、母親が事情を説明すると「大丈夫ですよ、お子さんが殴ったくらいなら自動改札は反応しませんから」「でも君、ちゃんとお母さんの言うことを聞かないとダメだよ」と優しく諭した。母親は子供と一緒に頭を下げた。その間、自動改札の顔のディスプレイはずっと沈黙したままだった。

エキナカの監視はスイカネットに接続したカメラ等で行われ、自動改札はあくまで実行部隊である。何か問題が起きたときにすぐに移動できる場所にいればよく、甲府のように慢性的に混雑した場所ではずっと壁に座って充電を行っているのだった。せわしなく動き回っているのは、制服を着た駅員のほうだった。

甲府を歩いているうちにヒロトは妙なことに気づいた。駅員にしても自動改札にしても、横須賀や鎌倉で見た連中とは微妙に格好が違うという事だ。

駅員のほうは（ネップシャマイによると）エキナカ各地の人間が勝手に集まって作った自治組織なのだから、制服のデザインが違うのも当然だろう。しかし自動改札の見た目も違うのはどういう事なのだろうか。


「根付屋」と書かれた一一七階層の店は、古めかしい行書体で書かれた看板に始まり、時代劇から飛び出してきたような純和風のテイストを全面的に出していた。「機械修理全般承ります」という張り紙がなければ、とても電機屋には見えない。

「はい、いらっしゃいませ」

店の中に座っていた女が、ヒロトに気づいて声をかけてきた。ジャージの上に前掛けをつけて、長い髪を後ろに束ねて、銀縁の眼鏡をかけている。歳はヒロトよりも少し年上くらいに見える。

「こいつを充電したいんだが、そういう道具はあるかな」

ネップシャマイの電光板を差し出した。彼女は電光板の背面を一瞥《いちべつ》すると、

「えっ、これってAAT互換機じゃないですか。こんなものどこから掘り出してきたんですか？横浜駅じゃもうずっと使われていない規格ですよ」

と言った。さっきの店よりは期待できそうだ、とヒロトは思った。

「事情が説明しづらいんだが、とにかくそれを動かさないととても困るんだ。ダメだったら他の店に持っていくから」

「うちでダメだったら甲府のどこに持って行っても無理ですよ。まあ、そこに座って待っててください
ね」

彼女はそう言って、店のカウンターの前の椅子を指すと、自分は奥の部屋にひっこんで和箪笥《だんす》の引き出しをあさりはじめた。和箪笥にはケーブルが山のように押し込まれていて、引き出しを引くたびにバネのように膨らんできた。一度開いたものを閉じるのも難儀そうだった。

「AAT互換機、性能はすごく良いので戦前から使われていたんですけど、横浜駅が生産設備を生産しなかったせいでロストテクノロジー化しちゃったんですよ。北海道の方じゃまだ作ってるって話を聞くんですけど、スイカネットとの通信にアダプタが要るのがやっぱり問題で……」

彼女はケーブルを見繕いながら早口で技術用語を並べ立てた。話しかけているというよりも大きな独り言を言っているようだった。誰かを思い出すな、とヒロトは思った。

話に適当に「ああ」「へえ」と相槌《あいづち》をうちながら、店の中をきょろきょろと見回した。彼にはまったく理解できない機械部品が店中に並んでいる。ヨースケを連れてくれば喜ぶかもしれないな、と思う。

ふと部屋の隅にある文机のうえに、写真立てがあるのが目に入った。ディスプレイではなく印刷された写真だ。一〇人ほどの若い男女が写っている。真ん中に写っているのがこの店員の女だ。今よりも一〇歳ほど若く見える。まだ未成年のようだ。その横に、見覚えのある顔がひとつあった。

「ちょっと待ってくれ」

ヒロトが言うと、彼女は手を止めて彼の方を見た。

「この男と知り合いなのか？」

ヒロトが写真を取って、その知った顔の男を指差す。

「……東山くんを知ってるの？」

「ああ。一年ほど前に、おれの故郷にその男が現れたんだ。キセル同盟という組織に所属していたが、自動改札に追われて逃げてきたんだと。で、おれはそいつに彼らのリーダーの捜索を頼まれてここまで来たんだ」

「リーダーの捜索」

彼女はケーブルの塊を畳の上に放り出して、カウンターに戻ってきた。

「ああ。自動改札から身を隠しているはずだから、助けてほしいと」

「あなたの故郷ってどこにあるの？」

「ここからずっと東だ。三浦半島にある、九十九段下というところだ」

そう言うと彼女はラップトップ端末のキーボードを叩《たた》いた。画面には横浜駅の構内図が表示された。三浦半島の場所が赤くマスクされるが、「九十九段下」という地名はヒットしない。岬の住民たちが勝手につけた名前だからだ。

「ここだ」

とヒロトはラップトップの画面を指差した。スイカネットの記載上は「横浜駅１４１５番出口」とその周辺地域、となっている。

「つまり、あなたは東山くんに頼まれて、こんな遠くから、はるばる私を捜しにきてくれたってこと」

そう言うと彼女は、写真を写真立てから外して裏面を見せた。裏にはこう書かれている。

『キセル同盟 結成時メンバー』

ヒロトは目を丸くしてその文字を見て
「……そのはずなんだが」

と言ってから、視線を店の外に移した。わずか数十メートル先のところに、自動改札がどうどうと座っている。

「どうも話が違うな。あんたは自動改札に追われてる身だと聞いたんだが」

「ええ、追われてるわ。おもいっきり」

彼女はしれっと言う。

「いろいろ聞きたいことがあるけど、まず自己紹介ね。私は二条ケイハ。キセル同盟のリーダーをやっていた者です。よろしく」

ケイハはそう言って首だけでお辞儀をした。「三島ヒロトだ」とヒロトは困惑しながら答えた。

自分こそ聞きたいことが山程ありそうだ。

◆

ICoCar System（直交座標偽装システム）
体内に Suika を導入した人間は、その位置情報が常にスイカネットに送信される。使用者がSuika 不正認定された場合、自動改札はその位置情報に従って不正利用者を捕獲する。位置情報は水平座標と垂直座標が別々に送信される（このようなシステムになっている理由は、ＧＰＳ衛星が機能していた時代の名残と言われる)。

キセル同盟の元リーダー・二条ケイハは、このうち垂直座標を偽装する手法を開発し、甲府の自宅兼店舗である「根付屋」のサーバーから偽装信号を発信し続けている。このため本人は甲府一一七階層にいるにも拘わらず、スイカネットは彼女が最下層にいると認識しており、自動改札もその位置に派遣されている。水平方向の偽装システムは現在鋭意開発中。この両者を総称し、直交座標偽装システム Imitation of Coordinate in Cartesian space：ICoCar という。


「つまり、私はいま甲府から出られないの」

とケイハは説明した。ここから他の都市に移動する場合、どうしても階層構造の薄い場所を通過する必要がある。垂直座標の偽装は横浜駅の厚さの範囲内でしか行えないため、そこで自動改札に見つかってしまうのだ。

「残念だけど、東山って男は半年前に死んだよ。エキナカから来た人間は、外の環境に出ると早死するケースが多い。免疫系がなんとか、って教授は言ってる」

「……そう」

ケイハは文机の写真を見た。そこには十二人のキセル同盟結成時メンバーが写っている。一番多い時では百人ほどのメンバーがいた。サイバー組織にありがちなことだが、彼女が顔を知らないメンバーもいた。


同盟が活動していたのは四年前までだという。その活動内容は、主にスイカネットへの侵入だ。

「スイカネット」は横浜駅に埋め込まれたネットワークで、もともとは自動改札ら駅設備間の情報伝達のために発達したものだった。人間がＡＰＩ部分を解読して通信に利用するようになったのは一世紀ほど前だが、その内部構造はほとんど明らかになっていない。

「結局あんたらは、何をやらかして横浜駅から追放されたんだ？」

ヒロトは聞いた。

「東山のやつは、駅に対する反逆行為によって追放された、って言ってたが」

「そう言ってたの」

「ああ。同盟の目的は、スイカネットの通信構造を掌握し、自動改札の行動を支配し、人類を横浜駅の支配から解放することである。いわばキセル同盟とは駅の支配に対するレジスタンス活動であり、我々の偉大なリーダー率いる同盟は、横浜駅でほぼ唯一、ネット掌握について実際的な成果を挙げていたのである。しかしこの人間による過度のスイカネット干渉が、駅構造に対する破壊的行為と判断され、同盟のメンバーは全員 Suika 不正認定をくだされて、自動改札に追われる身になった。とかなんとか」

生前の東山はその話を何度も何度も誇らしげに繰り返していたため、ヒロトはすっかり文章を覚えてしまっていた。意味はよく分からないが、未知の世界へと繋《つな》がる、魅力の言葉の連なりとして。

ケイハはそれを少し決まりが悪そうに聞いていた。

「東山くんたちには悪いことをしたと思ってるわ。もともとは私の個人的な理由でやっていた事なのよ。彼らを巻き込んでしまったのね」

と彼女は言った。

スイカネットの介入技術を数多く持つ彼女らは、通常の不正者よりもはるかに長く自動改札から逃げ延びたが、結局はみな捕まって駅外のどこかに捨てられた。こうして、ケイハが甲府でICoCarシステムを構築しどうにか落ち着いた頃には、もうメンバーの誰一人として行方が分からなくなっていた。

「よく分からんけど、大変だったんだな」

とヒロトは言った。

「東山はあんたのことを本当に尊敬してたんだ。リーダーはすごい、あの人は天才だってずっと言っていた」

ヒロトは言った。それは九十九段下の住民を見下す発言とセットで行われていたから、彼らにとってあまり良い思い出ではなかったが。

「しかし驚いたな。おれの故郷にもスイカネットに接続してデータを拾ってるやつはいたけれど、位置情報の偽装だとか自動改札の行動支配とか、そんな技術があるなんて」

「君の持ってきた物のほうが私にはよほど驚きよ。この子のこともちろんだけど」

ケイハはネップシャマイの電光板を置いて、構造遺伝界キャンセラーに目を向けた。

「構造遺伝界を消せるなんて……正直、信じられない」

「使ってみせてもいいぞ」

「それなら、ちょうど穴を開けてほしい場所があるわ。頼める?」

「ああ。これもバッテリーが気になるんで、あまり無駄遣いはできないが」

そう言うなり二人は店の外へ出た。ケイハは店の電灯を消して「本日は閉店しました」という札を掛けた。

「店って言っても形だけだからね。一日中機械をいじってても怪しまれないように、電機屋の看板を立ててるだけ」

「自動改札が怪しむのか？」

「まさか。あいつらにそんな知性はないわ。駅員の人たちよ。私がSuika不正認定を受けていることは、人間の道具でもやろうと思えばチェックできるの。そうなると色々面倒でしょ。とくに駅員たちは、横浜駅の意思の執行者だなんて名乗ってるわけだから」

そう言うと二人はエレベータに乗り、九一階層まで降りた。

他の階層よりもひときわ厚みのある甲府九一階層は、エレベータ付近のわずかな住宅街を抜けると、巨大な果物工場が広がっていた。赤い色の照明の中でぶどうや桃の低木が視界いっぱいに広がる。何人かの工場労働者が歩いているのが見える。

「エキナカの農場か」

ヒロトは言った。廃棄品で暮らしていた九十九段下の住民は、横浜駅のあちこちに食料生産施設があることを聞き及んでいたが、それは思ったよりもずっと大規模だった。あちこちに立つ柱のせいで全貌《ぜんぼう》は見渡せないが、九十九段下の全土よりもずっと広いことが分かる。

しかしケイハの目的地はこの農場ではないらしく、彼女は動く歩道をすたすたと歩いて行く。ついて歩く途中、あちこちに労働者の宿舎らしい部屋が見えた。こんな真っ赤な部屋で暮らしていて目がおかしくならないのだろうか、とヒロトは思った。

やがて二人は工場の端に到達した。そこにはガラスの隔壁があり、その向こうにはまた別の工場が広がっている。何列ものベルトコンベアには、金属のアームが流れている。

「なんだここは？　機械を作っているのか」

「ええ。ここは自動改札の生産工場よ」

ベルトコンベアの奥の方では、べつの自動改札が流れてきたパーツを黙々と組み立てているのが見える。

「全て自動化されているの。ここに人間はいないわ。工場全体が構造遺伝界を含んだガラスで覆われているの。原材料と完成品を出し入れするゲートが開いているだけ」

駅の外の住民であるヒロトにとっても、外とエキナカの境界を守る自動改札は昔から馴染《なじ》み深いものだったが、その生産現場を見るのははじめてだった。

「一体、誰がこんな工場を作ったんだ？」

「横浜駅以前に、こういう自動工場がどこかにあったんでしょうね。それが構造遺伝界に取り込まれて、あちこちに複製されているの。いくつかの都市で同じ形の施設を見たわ」

「自動改札ってのは、横浜駅よりも前からあったのか？」

「そう考えるのが自然ね。横浜駅は自分であんな複雑な構造を生み出せないもの」

二人はガラス隔壁に沿って工場のまわりを移動した。しばらく歩くと果物工場から離れ、自動改札工場となにもない空き地が広がるだけの場所に来た。

「このあたりに穴を開けられる？　できるだけ目立たないところがいいわ」

「これくらいなら問題ない」

ヒロトは構造遺伝界キャンセラーをガラス隔壁に、人が通れる程度の大きさに照射する。足でどんと隔壁を蹴ると、構造遺伝界が消えた部分だけに綺麗《きれい》にひびが入った。もう一度蹴ってガラスを割ると、がしゃんと音を立ててガラスが粉々になった。照射量を最小限にとどめたので、電池残量に目に見える変化はない。使い方にも慣れてきたようだ。

「……すごい。本当に構造遺伝界が消えてるのね」

ケイハは言いながら、ガラスの破片も気にせずにするりと工場の中に入った。

「どうしても欲しいものがここに沢山あったのよ。運ぶの手伝ってもらえる？」

ケイハが「余剰品」と書かれた箱からいくつかの電子部品を取り出し、無造作にコンテナに入れた。次にそこら中の端末にケーブルを挿し、データのコピーをしはじめた。組立作業に従事する自動改札たちは、秘密組織の元リーダーにして横浜駅最大のお尋ね者であるはずの彼女が堂々と窃盗を行うのを、気づきもしない様子で作業を続けていた。

モニターの黒画面を見ながら「すごい、通信クライアントのソースまである！　今まで廃棄されたチップから取り出したバイナリしか見つからなかったのに」「自動改札ファームウェアのコードはさすがに無いか、あれは戦後に消えちゃったみたいね」と一人で騒いでいるのを見ると、むしろ周辺に住む人間に見つかるのではないか、とヒロトは心配になってきた。

「なあ、こういう工場を爆弾か何かでバーンと破壊すれば、あんたの目的は達せられたりしないのか？　自動改札の生産が止まって、あんたが自由になったりはしないのか」

ケイハはコンテナに物をつめながら、

「構造遺伝界がある限りは何度でも再生するわ。そのキャンセラーで工場まるごと消したとしても、また別のところにできるでしょうね」

と答えた。
愚問だったな、とヒロトは反省した。データのコピーが完了すると、ケイハは端末からケーブルを外した。
「破壊工作なんて意味ないのよ。冬戦争時代のゲリラじゃないんだから」
一時間ほどですべての作業を終えた。回収物を四つのコンテナに収めると、ケイハは箱の上に
『根付屋　電気製品の修理請け負います
117階層で営業中　スイカネットアドレス　XXXX‐XXXX‐XXXX
営業時間：不定』
と書かれたステッカーを貼り、三つをヒロトに持たせた。機械部品は衣類よりずっと重かったが、積み重ねのできるコンテナなので段ボールよりずっと持ちやすいな、とヒロトは思った。
二人はコンテナを抱えて一一七階層の店に戻った。途中、駅員たちがじろじろとこちらを見てくると、ケイハは「お勤めご苦労様です」と小さく頭を下げた。
「まあ、これでおれの話は信じてもらえただろう」
「ええ。あなたが東山くんの見つけた18きっぷでここに来たってことも、JR北日本の電光板君のことも。……べつに疑っていた訳じゃないけど」
集めてきたデータを自分のコンピュータに転送すると、ケイハは再びネップシャマイの復旧作業を続けた。
「でも、悪いけどちょっとこの子は厄介ね」
「難しそうか」

「インターフェース部分はＡＡＴ規格なんだけど、内部が全然見たことのない構造をしてるの。下手に通電したら、データが飛んじゃいそう」

「確か、ヒトの脳に似たなんとか、って本人が言ってたな。『ユキエさん』の技術なんだとか」

だとすれば、その電光板に収められたデータはシャマイの人格そのものであるわけで、それが消えてしまっては、アンドロイドにとっては死と同義なのだろうか。彼が自分の死をどう捉えているのかは分からないが。

「キャンセラーもその人が開発した、って言ってたよね」

「ああ。すごい技術者なんだな」

「……あのね。私は一〇年以上ずっとスイカネットの情報を収集・解読していて、その中にはＪＲ北日本の機密通信も結構流れていたけれど、一〇年前までの技術水準は、九州の方とほとんど違いがなかったのよ。それがある時期から急に通信がなくなったの。正確には、解読できない形になって他のデータに埋もれるようになったの」

数年前といえば、青函《せいかん》トンネル防衛線が突破され、ＪＲ北日本が壊滅したという噂《うわさ》が流れた時期だ。通信が見えなくなったことが、そのデマの拡散に一役買っていたのだろうか。

「それ以来北海道の技術情報は追えていなかったんだけど、ひとり優秀な技術者が現れたくらいで、そんな高度な人工知能とか、人と間違えるほどのアンドロイドとか、ましてや構造遺伝界を消すとか、そんな多分野にわたる実績が数年で出ることはあり得ないの。マンガじゃないんだから」

「つまり、どういうことだ？」

「まず考えられるのは、『ユキエさん』というのが個人の技術者ではなく、大勢の技術者集団、または代表者である場合。でも、そんな集団が急に現れるってのもやっぱり不自然ね。もっと現実的な考え方は、『ユキエさん』は自分でその技術を開発したわけではなく、既に開発されていたものを見つけ出した、ってこと」

「誰がそんなものを?」

「そもそもその電光板君は、はじめて見るはずの超電導鉄道を制御してここまで来たんでしょ?それがおかしいの。超電導鉄道に関する技術情報なんて、スイカネットのどこにも残ってないのよ。私が見つけられなかったんだから、間違いないの」

そういうものなのか、とヒロトは納得することにした。

「ましてや、歴史的に超電導鉄道のなかった北海道に情報が残ってるとなると、可能性はひとつしかない」

ケイハは語気を強めて言った。

「JR統合知性体。その『ユキエさん』は、統合知性体の言語を解読したのよ」

◆

むかしむかし。と、ケイハはおとぎ話を始めるように言った。

JR統合知性体とは、かつて存在した、日本の鉄道ネットワークをベースにした巨大人工知能である。人間の脳に関する研究により、十分な複雑性を持つネットワークから知性体が構成できるということは古くから知られていた。これを国土を覆う鉄道ネットワークに適用することで巨大な知性を得るというのが、このプロジェクトの概要である。

冬戦争のさなか、戦略用人工知能は各企業がしのぎを削って研究開発を行っていた。東京に巨大なサーバーを置く中枢型や、一般家庭のコンピュータを接続した分散型など様々なものが提案されたが、どれも宇宙からの爆撃やコンピュータウィルスによるサイバー攻撃に耐え得ないという問題を有していた。

そんな中で提案されたJR統合知性体の最大の特徴は、日本列島にあまねく存在するネットワークノード（駅）の過半数を敵側に物理的に押さえられない限り、知能としての信頼性を維持できるという頑健性にあった。さすがに領土の半分を押さえられる頃には戦争が終わるだろう、という考えから、首都制圧も危ぶまれていた日本政府はこれを認可。戦後しばらくも、混乱の続く列島の実質的な統治者として存在し続けたのだ。

「でもある時期から、統合知性体の構成ノードのひとつだった横浜駅が自己増殖を始めたの。原因は分かっていないわ。それで鉄道ネットワークが路線沿いに飲み込まれて、人工知能としての機能は死んだ。残ったのは本州を覆い尽くす横浜駅と、機能を失ったかつての知性体のノードだけ、ってわけ」

「つまりJR北日本は、『駅』を掘り起こして、昔の技術に関するデータを取り出したってことなのか。キャンセラーや、シャマイみたいなアンドロイドの技術も」

「駅のあった場所なら、掘り出すこと自体はそんなに難しくないわ。九州の人たちもやってるはず。でも問題はそこからなの」

JR統合知性体は、当時まだ世界中を覆っていたインターネットに接続しそのデータをネットワーク上で反芻《はんすう》させることで、独自の思考様式と言語体系を生成していた。しかし横浜駅の膨張により知性体が機能停止して以降、その言語は誰にも解読できず、バイナリデータの形で放置されていた。

かつて天才的な科学者の脳を保存して、その頭脳の秘密を探ろうという荒唐《こうとう》無稽《むけい》な計画があったらしいが、統合知性体のデータを解読するというのはそれと同様に無謀なことだと思われた。

「だけど『ユキエさん』はそれに成功した」

「ええ。ちょっと現実的じゃないけど、可能性としては一番まともなアイデア」

本州の横浜駅化以前の歴史について、ヒロトたちの知っていることは少ない。科学技術は今よりもずっと発展していたが、国と国がたがいに戦争して荒廃していた、ということを大まかに聞いている。そんな時代の技術を掘り起こせれば、それは確かに横浜駅に対抗する手段になりうるかもしれない。

ヒロトはケイハの話を聞き終え（半分ほどは理解できなかったが）、

「で、結局、そいつの復活は難しいのか。そんな大変な技術が使われてるっていう事は」

「思いつく限りの事はやってみるけれど、期待はしないで。死んだ人を生き返らせるよりは少し可能性があるくらい、と思っていいわ」

ヒロトは黙って頷《うなず》いた。それから少し考えた。

人間はいつか死ぬ訳だし、機械だっていつか壊れる。

でも、少しあっさりし過ぎてはいないだろうか？

人間の脳に似せて作っているのなら、もう少し、恐れるとか慌てるとか、そういう反応があっても良かったんじゃないだろうか？　アンドロイドを作るというからには、そういう感情は除去されてしまうのだろうか？

ヒロトがそんな事を考えている間、ケイハは文机の引き出しの中から、小さなプラスチックのケースを取り出した。中からはレンズの大きな古い眼鏡が出てきた。

細い銀縁眼鏡を外して机の上に置くと、その古い眼鏡をかけて、部屋の隅に置かれた機械のところに向かった。自動改札ほどもある大型の黒塗りの筐体《きょうたい》で、上面は透明なプラスチックの蓋《ふた》で覆われている。

先ほど自動改札工場から拝借してきたコンテナから、ポリマー袋に包装された細い針のようなものを取り出し、プラスチックの蓋を開けて、きわめて慎重な手つきで針をアームに装填《そうてん》し、蓋を閉じる。

続いてネップシャマイの電光板のカバーを外した。中には三センチ角ほどの小さな立方体が入っていた。どうやらそれが、彼の言っていた「主記憶装置」らしかった。ケイハは大きなピンセットでその立方体を取り出して、黒塗りの筐体に移し替えた。

スイッチをいくつか押すと、ピーという高い連続音が響いて、蓋の中で金属製のアームがゆっくり動き出した。

一連の作業を終えると、ケイハは古い眼鏡を外してまたケースに入れ、小さく息をついた。それから、机の上に置かれた銀縁のほうをかけた。

ほんの五分ほどの作業だったが、ヒロトはその間、聖者の神聖な儀式を見守るように、まったく身動きせずにその様子を見ていた。

「あれは何の作業をしてるんだ？」

ヒロトは聞いた。

「内部構造をスキャンしてるの。スイカネットにあるデータベースから似た構造を探してみる。エキナカで流通しているタイプなら、なんとかなるかもしれない」

「時間がかかるのか？」

「走査密度にもよるけど、この機械で可能な最高精度で七～八時間ってところね」

とにかく望みのようなものがある、という事がヒロトには嬉《うれ》しかった。

と同時に、結局のところ自分は、ただこうやって知識や技術を持った人々の働きに期待するしかない、ということを自覚させられるのだった。

「仮に上手くいったとして、これからどうするの？」

「うーむ」

ヒロトは少し考えてから言った。

「もともと、東山にあんたの救出を頼まれていた訳だが、もう18きっぷを貰《もら》った義理は果たしただろうな。あとの三日は好きにするさ」

「行くアテはあるの？」

「そうだ、それをちょっと調べて欲しいんだ。前にエキナカのキオスク端末で調べたんだが、場所はヒットしたんだが、経路が見つからないって言われて」

「いいわ。なんて場所？」

と言ってケイハはラップトップ端末で「すいかまっぷ：駅構内詳細案内」というアプリケーションを開いた。

「42番出口」

そう言うとケイハは手を止めた。

「……もう一回言って」

「42番出口だが」

そう言うとケイハは、何か少し考え込んでいる様子だった。それからラップトップ端末を開いたままでヒロトに渡した。

「左上に虫眼鏡アイコンがあるでしょ。そこに探したい場所を入れれば、検索できるわ」

「え？　ああ。わかった」

そう言ってヒロトはキーボードを打とうとした。しかしキーボードは黒一色のキーが並ぶだけで、文字が刻印されていなかった。

「なんだ、このキーボード？」

「擦り切れちゃったのよ。一〇年以上使ってるからね」

「4はどこだ」

「上段の左から四番目」

「2は」

「その二つ左」

「『は』はどこだ」

「は？」

「番《ばん》の『は』」

「Bでしょ。下から二段目の左から六番目」

「間違えた。Vが出た」

「バックスペースは上段の一番右」

ケイハの指示に従って一文字ずつ入力していった。なぜこんな面倒なことをおれにやらせるんだ、とヒロトは思った。一分かけてどうにか「42番出口」と入力すると、砂時計のアイコンがしばらく回転したあと、

『1件がヒットしました』

というメッセージが出て、「42番出口」と書かれた赤い点と、その周辺の地図が表示された。前にキオスク端末で見た地図に比べて情報量が多く、ごちゃごちゃしている。赤い点は灰色の太線によって囲まれている。縮尺表示によると、囲みの直径は一キロほどだ。

「この灰色は？」

「駅の壁。つまり構造遺伝界を持つ壁で覆われて出入り口がないから、絶対に辿《たど》り着《つ》けないってこと。経路が見つからないのも当然ね。でもその道具があれば」

ケイハはヒロトの持つ構造遺伝界キャンセラーを見た。

「これ、横浜駅のどこにあるんだ？　ここから遠いのか」

「コントロールマイナスでズームアウト」

「どのキーだ」

「……右上にズームアウトのアイコンがあるでしょ。それを押して。虫眼鏡にマイナスが書いてあるアイコン」

ヒロトがその通りにすると、灰色の囲みが徐々に小さくなり、だんだん周辺の地形が見えてきた。赤い点はどうやら甲府よりもさらに西の山岳地帯で、本州のほぼ中央にある。海岸線から遠ざけることを目的としたような場所だった。「松本」「飛騨《ひだ》」「下呂《げろ》」といった都市名が周辺に見える。

「直線で一〇〇キロくらいね。平地だと難しいけど、間にいくつも山脈があるから問題ないわ」

「高低差があるほうがいいのか？」

「そりゃそうでしょ。エスカレータが生えるもの。ちょっと貸して」

そう言うとケイハはヒロトから端末を受け取って、とてつもない速度で何かしらのコマンドを入力していった。画面にひゅんひゅんとウィンドウが現れては消えた。

地図上に青い折れ線が表示された。最短経路を表しているようだった。

「まず南アルプスを横断して、伊那《いな》まで下りる。そこから駒ヶ岳に登って、木曽《きそ》に下りる。あとは一直線に登れる。エスカレータ自体の速度だけなら三日でギリギリだけど、自分の足で歩けば十分間に合う。体力に自信はあるでしょ？」

「まあ、エキナカの人に比べればな」

ヒロトは少し誇らしげに言った。

端末にはエスカレータを使った最短経路と、予想時間が表示される。聞いたことのない地名ばかりだ。こんな内陸の奥の方にまで行けるということに、ヒロトは妙な興奮を覚えた。

「でもちょっと難しいな。三日でそこまで辿り着いても、駅から出て行くまでの時間がない」

「どういう事？」

「おれの18きっぷの期限が、あと三日半しかないんだ」

「18きっぷ？」

「期限付きのSuikaみたいなものだよ」

そう言ってカバンから18きっぷを取り出した。画面には有効期限が「3日13時間」と表示されている。

「期限が切れると、その場で自動改札が動き出すってこと」

「ああ。そのはずだ」

ケイハは少し黙って、それから地図を見て、なにかを熟考しているようだった。

「ちょっと待って。何か対策を考えるから」

「どういうことだ？」

「多少の工作なら出来るわ。私は見ての通り、Suika不正を受けてから四年もここに居座ってるくらいだから。あなたの正確な位置さえ把握できていれば、脱出までの工作くらいなら何とかできるわ」

と言って、ラップトップに日本地図を表示し、何かコマンドを入力しながらぶつぶつ言いはじめた。

「スイカネット・ノード獲得状態」という字とともに、地図上に緑色の帯が表示された。甲府から西に向かって、蛇のようにうねりながらずっと遠くまで延びている。その西端には「京都」と書かれている。「自動改札ダミーOK」「直接通信確立OK」といったステータスが次々と現れる。

どうしてこの人はおれの目的にこんなに一生懸命になるのだろう、とヒロトは思った。

「この地図はできるだけ最新の情報を入れてるけど、エスカレータの配置は常に変化するから。大きな流れは変わらないけど、細かいことはその場で判断してね」

「あ、ああ」

ヒロトは答えたが、何をどう判断すればいいのかさっぱり見当がつかなかった。

「あの電光板君が言ってたの？　その場所に行け、って」

ケイハは黒塗りの筐体を見て言った。アームがゆっくりと動いて、中に収められたネップシャマイの電光板をゆっくりとスキャンしているようだった。

「いや、おれの故郷にいた爺《じい》さんだよ。昔はエキナカに住んでいて、どこかのラボで教授をやっていたんだとか。言葉がよく通じなかったので、詳しくは分からないが」

と言うと、ケイハは怪訝《けげん》そうな顔で言った。

「言葉が通じなかったの？」

「ああ。なんかこう、日本語っぽいんだけど全体的にちょっと違う、って感じだった。最初はエキナカの話し方かと思ってたけど、ここらへんの連中はおれたちとほとんど違わないし、もっとずっと遠くの方から来たんだと思うが」

「そんな筈《はず》はないわ。スイカネットがある以上、言葉なんてどこでもほとんど違わないもの。私が生まれた都市はここからずっと西だけど、いくつかの語彙《ごい》が違うだけ。通じないほど違うなんて有り得ないわ」

「じゃ、何だって言うんだ？」

ケイハは数秒黙りこんでから
「……分からない」

と言った。長く話していた彼女が「分からない」と言うのはこれが初めてであるような気がした。

ケイハが妙に深刻な顔をしているのがヒロトにも分かった。

「その教授は、その場所に何があるって言ってたの？」

「よくわからん。なんか全ての答えがなんとか。もともとそういうボンヤリとした喋《しゃべ》り方をする人なんだよ。認知症も進んでいたし」

ヒロトは言った。

「電光板君は何か言ってた？　その場所について」

「いや。聞いてみたけど、知らないって言ってたな」

「その子が個人として知らないってこと？　それとも、ＪＲ北日本が全体として知らないの？」

「いや、そんなことまでは分からん」

◆

「時間があるから、よかったら外にご飯でも食べに行く？」

「駅の外に行くのか？」

ケイハは少し可笑《おか》しそうに笑った。

「……あなたの感覚だと、『外』っていうとそうなるの」

「そりゃそうだろ。あんたは駅の外に出たことはないのか？」

「ないわ」

ヒロトは少し頭が痛くなりそうだった。

Suika を持たない自分たちがエキナカに入れないのは仕方ないことだが、エキナカの住民が外に出ることは何も問題がない。だが岬に現れるのは追放者ばかりで、正規の Suika を持った人間を見ることはほぼ無かった。

といっても、それはエキナカの住民が外を避けているというより、外で暮らす者たちとの接触を避けているようだった。九十九段下から少し離れた場所には比較的大きな砂浜があり、居住に適さないため住民はいないが、夏になるとエキナカから少々の海水浴客は現れるのだ。

「なあ、エキナカの……このあたりの人たちっていうのは皆、太陽を見ずに一生を過ごすのか？」

「まさか。もっと上の階層に行けば見られるわ。お正月は初日の出を見るために外に出る人がいっぱいいるし、日光浴が趣味って人もいる。私は肌が痛くなるから好きじゃないけど」

店にまた「本日は閉店しました」を掛けると、二人はエレベータを八階層だけ降りて、一〇九階層にきた。「レストラン街」と書かれた古い看板の上には、後から印刷して貼り付けたと思われる、飲食店の案内がいくつも書かれていた。

生成された駅の建物に、各々が板や布で装飾を加えて、店を作っているらしかった。廊下の両側にずらりと店が並んでいた。

「一三二階層直送　甲州牛ステーキ」

「元祖かっぱめし」

「エキナカで二番目にうまいソフトクリーム」

「身延湯葉」

といった看板が掲げられている。時刻は二〇時を回っていたが、廊下を歩く人の姿が多い。ところどころに自動改札が居座っているので、すれ違うのも難しいこともある。

広さはどれも同じようなものなのに、窓から中を一瞥《いちべつ》するだけで、それが高級店なのか大衆店なのかがヒロトにも分かった。

どうやらそれは客の服装のせいらしかった。きっちりとしたスーツの男女が静かな店でフォークを動かしているところもあれば、肉体労働者らしい若者が、作業ノルマに追われるようにせっせと箸《はし》を動かしているところもある。さっき九一階層で見た農場の作業着の姿もある。

「なにか食べたいものある？」

ケイハが聞くと、

「いや、おれはそもそもSuikaを持ってないから、エキナカで買い物さえした事がないんだ。そのへんは任せる」

「よくここまで来られたわね」

二人は労働者向けの少し薄汚れた店に入った。ジャージを着たままのケイハと、全体的に古着の自分の二人連れでも目立たないような店だ。カウンターには「勝沼ワイン」と書かれたボトルが並んでいる。

「勝沼？」

「ぶどうの産地だったらしいわ。いまの九一階層の農場は、駅がそれを取り込んだものって言われてる。今はただブランド名に使ってるだけだけどね」

横浜駅が拡張するにつれて土地の記憶を取り込んでいく、ということは確かネップシャマイも言っていた気がする。

「あなたの故郷には、ああいうモノは流れて来ないの？」

「廃棄品が多いからな。酒とか、賞味期限のない食品ってのはあまり来ないんだ。でも、たまにケースごと何個もまとまって流れてくることがある。首長《しゅちょう》の家に置いといて、祭りの時とかに少しずつ飲んでる」

「どこかで醸造施設が新しく生成されたのかもしれないわね。流通経路の形成が遅れると、出荷しきれない分は必然的に廃棄されるわ」

ヒロトはメニューを眺めながらも、ボトルの方が気になって仕方がなかった。

「飲みたかったら頼んでもいいわ。お金のことは何も心配ないから」

「何も？」

「ええ。何も。でも慣れないならあまり飲み過ぎない方がいいわ。明日から大変でしょうし」

ヒロトは好奇心に負けて一杯だけ頼んでみることにした。使い古された小さなグラスに半分ほど注がれていた。

「それじゃ、今日に乾杯」

と言ってケイハは自分の頼んだ緑茶の湯呑《ゆの》みをグラスと合わせた。

「あんたにとって、今日のことは祝うべきことなのか？」

「ええ。私が甲府に来てから三年間、良いニュースなんてほとんど一つもなかったけど、今日は三つも入った」

「三つ?」

「ひとつめは、東山くんの消息が分かったこと。彼の最期がそれなりに平穏だったのはとても嬉《うれ》しく思う。私を助けにわざわざこんなところまで来てくれて申し訳なかったけれど、それが聞けただけでも良かった。仲間の中には、もっとずっと酷い目にあった人もいるの」

ヒロトはグラスワインを一口飲んでみると、岬にいつも流れてくる瓶入りのビールよりもよほどアルコールが強く、脳が少しだけ浮き上がるような感覚があった。

「二つめは、構造遺伝界に対抗する手段があるって分かった事」

「それはあんたにとって嬉しいニュースなのか」

「勿論《もちろん》」

ヒロトにはその理由がいまいち分からなかった。破壊工作なんて意味がない、というのは彼女自身が言っていたことだ。工場に潜入して機械部品を盗んでこられた事が嬉しいのか、あるいは単純に技術者としての好奇心によるものなのか。

「頭のいい人の考えることはおれには分からんが」

ヒロトは思った事をそのまま口に出した。酒のせいで思ったことがそのまま口に滑り出やすくなっているようだった。

「おれが来たのが良いニュースになったなら、何よりだ」

「私は頭がいい訳じゃないわ。ただ誰よりも身勝手で、そのために誰よりも手段を必要としていただけ」

ヒロトはグラスワインをもうひと口飲んだ。

「ねえ、あなたはどうしてここに来たの？　故郷でなにか、東山くんに義理を感じるようなことがあったの」

「別にあいつに恩があった訳じゃない。むしろおれが世話をしていたくらいだ。正直言うと、人を見下していて、いけ好かないヤツだった」

「実を言うと、私も少しそう思っていた」

ケイハは少し笑った。

「ただ、何か自分の使命みたいなものが欲しかった、と言えばいいのかな」

とヒロトは言った。普段の自分だったら思った事をそんなに言わないはずだったが、どうも勝沼ワインの影響が強く出ているようだった。

「おれの岬は、まあ駅の廃棄品ばかりだけど、生活に必要なものは一通り手に入るところなんだ。だから人が結構いる割に、仕事の数は少ない。みんな時間を食《く》い潰《つぶ》すようにして生きてるところなんだよ。

で、たまにエキナカから人が追い出されてくるんだが、まあ東山とか、さっき話した教授とかだな。そいつらが皆、まあちょっと言ってることは訳分からなかったけど、なんか自分のあり方みたいなものをちゃんと持ってる気がしたんだ。

だから、まあ、そいつらに頼まれたこと、別に何でもいいんだけど、そういうのを持ってエキナカに行けば、何かもう少し、なりたい自分になれそう、とか、という感じのやつだな。あんたを助けに来たのも、42番出口に行くってのも」

うまく言葉が出てこなかった。ケイハはそれを黙って聞いて、それから

「あらかじめ断っておくけど」

と少し深刻な顔をして言った。

「あなたを駅の外まで脱出させる方法があるって言ったけど、一〇〇パーセント確実とはいえない。場所もここから遠いし、途中どんなアクシデントが起きるか分からないから」

ヒロトは黙って頷《うなず》いた。それはもちろん承知していた。でなければ、Suika 不正認定を受けた仲間をすべて失うような事があるはずがない。

「あなたがその場所に行くかどうかは、その教授の言葉と、私の技術にどれだけ信頼をおくかという事ね。もし安全に駅から出たいなら、このまま南下して、富士山の脇をとおって駿河湾《するが》に出るのを勧めるわ。三日あれば十分たどり着く。そこから伊豆《いず》半島沿いに東まで進めば、故郷に戻れる」

それからテーブルに丼が運ばれてきた。カボチャのスープにうどんを入れた、見たことのない食べ物だった。二人はほとんど会話せずにそれを食べた。

レジの女性店員が「代金は別々ですか？」と聞くと、ケイハは「私ので両方」と言って、それからレジにある小さい箱に手を触れた。箱の小さな画面に「引落し２４１５ミリエン」と表示された。

一一七階層の店に戻ると、柱時計が午後一〇時を指していた。もともとアルコールを飲むと眠くなる体質のせいで、すっかり瞼《まぶた》が重くなっていた。

「あなたの朝は何時頃？」

とケイハが聞いた。

「……普段は今くらいの時間に寝て、六時頃に起きてるが」

「なんなら、奥の部屋を使っていいわよ。私はいつも七時から十四時くらいまで夜にしているから」

そう言ってケイハはふすまを開けた。一番奥の部屋には、また何台ものマシンがごうごうとファンの音を立てており、その真ん中にはきちんと三つ折に畳まれた布団が一組あった。

「助かる。昨日は留置場の硬いベッドだった上に、深夜にそいつに起こされたからな」

ヒロトはネップシャマイの電光板を指した。

「この子については、あなたが寝てる間に出来る限りのことはするわ。でもあまり期待しないでね」

「わかった」

「あの場所に行くかどうかは、明日までに決めればいいから」

と言ってケイハはふすまを閉めた。

どうも彼女はおれにその場所に行って欲しいと思っている、とヒロトは思った。何があるのかは分からないが、ケイハはその場所について何かを知っている。だがそれについて口にすることを避けているようだった。だからおれの意思で決めて欲しいと思っているのだ。

部屋の電気を消しても、周りのマシンの点滅するランプやファン音、隣室でケイハが作業を続ける音が響いていたが、昨日の夜も明けぬ前から歩きづめだったヒロトはするりと眠りに落ちそうだった。

薄まる意識の中でふと「教授」はその「ＪＲなんとか知性体」の一部だったのではないかと考えた。言葉が通じないのはそのためだったのではないか。だが、人工知能が認知症になったりするのだろうか。

4.あるいは駅でいっぱいの海 OR ALL THE SEAS WITH THE STAT

久保トシルはずっと武器を盗み出す方法について考えていた。

ＪＲ福岡の社員寮は電力制限のため一〇時に消灯していた。明かりの消えた部屋でトシルは端末のディスプレイの照度を最小にして、本社の武器庫の見取り図と、軍事部門の兵士の行動経路を見ては、銃を盗み出す計画を練っていた。そしていつも通り「およそ不可能」という結論に到達していた。それはもはや勤務時間後の日課と化していた。

四国に渡航するためには武器が必要だった。四国というのはまともな武器を持たずに歩ける場所ではない。自分が持っているのは、九州地方の一般州民に護身用に携帯が許可されている短銃だけだった。

武器庫にあるのはＮ７００系と呼ばれる最新式の電気ポンプ銃だ。トシルが入社してまもなく開発が開始され、自分も少し生産に関わった。それが自分の二四年の人生において、唯一価値のあるイベントだと彼は思っていた。必要性の問題を抜きにしても一本手元に置いておきたかった。

電気ポンプ銃は九州で生産されている武器だが、本州から迫ってきている横浜駅への対抗手段としては全く用をなさない。あくまで対人用の武器だ。だからこそ、ある程度強力なものは九州の統治者であるＪＲ福岡が独占的に生産し、軍事部門に配給され、社の徹底的な管理下にあった。

博多本社の武器庫からの奪取は不可能。おそらく社屋からの脱出もままならない。熊本支社の倉庫であればより現実的だろうか。だが土地勘のない場所で盗難を働いて、そのまま四国に逃げ込むというのはかなり苦しい。

「くっそ面倒だ。人類が滅びればいいのに」

とつぶやいて目をつぶり、感覚を耳に集中する。イアフォンからは映画の音声が聞こえていた。

JR統合知性体の入力層から発掘された古いSF映画だ。

恒星間飛行の任務についた宇宙飛行士たちだったが、その途中で全面核戦争がおきて、地球人類が全滅してしまう。パニックに陥った乗組員たちはやがて殺し合いになり、ただひとり残った船員が任務を継続。四光年離れたプロキシマ・ケンタウリが間近に見えてくる、というところで終わる。

あまりに救いようのない物語のせいで興行的には大失敗だったそうだが、トシルはその映画を何度も繰り返し見ていた。

「ルイス船長の心肺停止が確認されたため、規定に基づき貴方《あなた》が繰り上がりで船長となります。テイラー船長、よろしくお願いします」

と宇宙船の管理AIが主人公に話しかける。吹替えの日本語は相当に古いが、現代語字幕とあわせて何度も見ているうちに、もう音だけで意味が分かるようになっていた。

「どうしました、船長？」

「何でもないよ、ハル。酸素の余裕が増えたな、と思っただけさ」

と彼はまったくの無表情で返す。背後には乗組員の遺体。

次のカットでは赤色矮星《わいせい》が映し出され、準光速で航行していた宇宙船が、恒星軌道に入るための減速をはじめる。

「ぽん」

と音が鳴る。

トシルはふと我に返る。そんな音は無かったはずだ。目を開けて画面を見るとそれは映画の音ではなく、自分宛てのメールが来た着信音だった。送信元のアドレスを見てこめかみがピクリと動いた。「JR福岡 情報部門第一課 大隈《おおくま》」とある。

〉おーくま
〉カステラを一箱持ってくると話が早く進む。

〉次の日曜に防衛線の基地に来たまえ。

〉お前が何を考えているか大体わかっているので、先輩としてひとつ相談に乗ろうと思う。

〉お久しぶりである。

〉技術部門第四課 久保トシルくん

厄介な人物に目を付けられた。トシルはそう思った。だが、これなら話が前に進むかもしれない。

◆

高度文明時代の映画を見ると、核戦争だの隕石《いんせき》だのゾンビパニックだの、あっさり終わる滅亡ばかりが想像されていたことが分かる。映画に二時間というワクがある以上、仕方ないのかもしれない。

実際の滅亡は想像よりも遥《はる》かにしつこく、嫌らしく、粘っこい。数百年にわたる冬戦争でじっくり文明を焦がし尽くした後に現れたのは、人間の手を離れ増殖する建築物と、それを海峡で何十年にも渡って食い止める人間たちだった。

本州と九州を隔てる狭い海峡、関門海峡。それはつまり、現時点での横浜駅の最西端であり、駅の増殖を阻止せんとするJR福岡の防衛線でもあった。現実的に考えて、駅の増殖を食い止められるのはこの海峡しかない。ここを突破されたら、いずれ九州全土は島嶼《とうしょ》部を除いてすべて横浜駅で覆われるだろう。

九州側に建てられたJR福岡の前線基地は、建物をまるごと覆う抗構造遺伝界ポリマーのせいで、常に独特の化学臭が立ち込めている。トシルはカステラの箱を持って、入り口で社員証を提示してセキュリティ・ゲートをくぐり、大隈のいる情報部門第一課の部屋を訪ねた。

大隈という名の三〇歳の職員は、オフィスの椅子に腰掛けて、両足をテーブルに放り出したまま、右手でヒヨコの形をした菓子をつまんで、左手のタブレット端末で何か本を読んでいた。

「よう、久しぶり。相変わらず人生に対するやる気の無い顔をしてるな」

そう言って彼は端末をテーブルに置いた。トシルの持つ手提げ袋にカステラの箱が入っているのを見ると、

「有能だな。ここんとこ前線に張り付いてて、もう三週間もカステラを食べていなかったんだ。思わず本社のシステムにDoS攻撃をするところだった」

とつぶやいて、それから饅頭《まんじゅう》の箱を差し出した。

「一つ食べるか。さすがに一人で八個入りは多すぎた」

「いえ。甘いものが苦手なので」

とトシルは言った。抑揚のない機械のような声だった。大隈はテーブルに置かれたティーカップを小さく一口すると、トシルの目を見て、

「さて久保トシルくん。お前はどうやら、我が社の所有する武器を盗み出したいと考えているらしいな」

と言った。トシルは特に反応する様子もなく、その目は窓の外に向けられていた。

「お前が使っている社内ネットワークを管理しているのは我々情報部門だからな。通信そのものは暗号化していたようだが、接続先を見るだけで色々なことが分かるんだ」

やはり何も反応はなかった。何か反応を示すことが非合理的であるならば、まったく反応しない事ができる。彼はそういう人間であった。

「もちろん考えるだけなら自由だ。我々には思想の自由があるし、言論の自由ってものもある。あと情報公開の義務とかな。これはいずれ社内で通達されるだろうから教えてやろう。実はつい先日、武器庫からN700系の銃が一ダースばかり盗まれた」

トシルの右手がぴくりと動いた。

「もちろんすぐに見つかった。犯人は軍事部門の兵士三人組だ。武器庫の管理担当の三人が共謀して盗み出そうとしたらしい。まあでも、お前も知ってる通り、うちの武器庫から銃を盗んで逃げ出すなんてことは基本的には不可能だ。いま軍事部門の川上さんが連中の尋問にあたってる。すぐ済むだろう」

「なぜ見つかったのですか?」

トシルは尋ねた。彼自身、武器管理の担当者を取り込むのがいちばん現実的な手段だと思っていた。もちろん自分にそんな交渉術はないので、最初から諦《あきら》めていた。

「その三人は、銃と引き換えに横浜駅の業者と交渉して、Suika を導入してエキナカに逃亡しようとしていたんだ。一人につき銃四丁で話がまとまったらしい。ところがスイカネットとの通信がどういう訳か我々の情報部門に筒抜けでね」

トシルはその話を聞いて、何よりもまず、あの銃の価格が低く見られていることに苛立《いらだ》った。あの気持ちの悪い建築物への入場券のどこに、四丁もの価値があるというのだ。

「さてトシルくん、ここでちょっとしたクイズだ。管理担当者ですら盗めない武器を盗み出す場合、どういう手段がいちばん良いか」

トシルは黙っていた。

「おれの解答はこうだ。盗まれたものを取り返して、所定の場所に戻す時というのは意外と警戒心が緩むんだ。もちろん急にそんな事が起きても普通は対応できないが、もしここに日常的に銃を盗み出す経路ばかり考えている人間がいれば、その成功の可能性はぐっと高まる」

大隈はトシルの目を見て言った。トシルの目はずっと、どこか別のところを向いていた。

その時、テーブルに置かれた大隈の端末がピリリと鳴った。

「おっと、そろそろ川上さんが来るぞ。おれが対応するから、お前は余計なことを喋《しゃべ》るな」

大隈はそう言ってから、

「今のが余計なことだった。お前は必要なことも喋らないやつだ」

とひとりで笑った。

◆

軍事部門の将校が一人と、正座した一般兵三人が向かい合っている。その間には、長銃一ダースが床に放り出されている。JR福岡で生産しているN700系電気ポンプ銃だ。

金属であれば何でも弾丸になるという汎用《はんよう》性の高さから、冬戦争半ばで弾薬もまともに生産できなくなった頃から普及し始めた。「人類史で石器の次に使われた武器」とまで言われる。最新型のN700系は最大出力にすれば人体を両断できるほどの威力を誇るが、それでも構造遺伝界を含んだ横浜駅にはほとんど効果はない。要するに九州の治安維持のための武器だ。

「で、情報部門からの報告によると」

軍事部門の将校、川上が沈黙を破る。

「お前たち三人は、私用端末を用いてスイカネットに接続し、下関にある業者と連絡をとっていた。一人あたり四丁の電気ポンプ銃と引き換えに、Suika を導入して横浜駅に移民させてもらえるように頼んだ、と。調べてみると、武器庫からそのとおりに銃が行方不明になり」

川上は床の銃を一丁拾う。

「当該IDの銃がお前たちのベッドの下から見つかった、とのことだ。事実であれば、武器持ち出しのうえに脱走未遂で厳罰だな。何か言いたいことはあるか?」

と、三人の肩を砲身でそれぞれ軽く叩《たた》いた。

三人はしばらく互いに顔を見合わせた。二人が残りの一人を非難の目で見ている。お前が言い出したんだ、お前が大丈夫だと言ったからこんなことになったんだ、自分たちは乗せられただけだ、ということを表情で訴えていた。

その一人が観念したように口を開いた。

「で、では申し上げます。わ、我々はこのような無益な戦争をもう止めて、横浜駅を九州の地に受け入れるべきだと、か、考えております」

「州民への責務を放棄するというのか」

「我々のこの五〇年にもわたる戦争は、横浜駅を撃退するどころか敵の強さを増すばかりなのです。先だっての爆発攻撃でも、二人もの同胞が犠牲となりました。横浜駅に入ることこそが、州民の安寧なのではないでしょうか」

「それを決めるのは我々ではない。大体、自分たちだけで逃げようとした者が、州民の安寧など大それたことをほざくな」

川上が睨《にら》みつけると、兵士はもう何も言えず、ただ下を向いて震えていた。


川上が情報部オフィスの一室のドアを開くと、中に居た大隈は足を崩して座ったまま、ぺこりと頭を下げた。その隣にひとりの若い社員がいた。見覚えのない顔だった。軍事部門将校である自分が入ってきたのに、全く気にする様子もなく窓の外を見ている。胸に下げられた社員証には「技術部門第四課 久保 利」とある。

「ご苦労だったな。三人とも容疑を認めたよ」

川上は大隈に向かって話しかけた。

「はいよ。お疲れ様でした」

と大隈はカステラをつまみながら答えた。年齢も社内階級も川上のほうがはるかに上なのに、この情報部門のエースには遠慮というものが無い。

「でも告発しといて何ですが、なるべく軽い罰でお願いできませんかね。あいつら、おれの同期入社なんすよ。あ、これひとつどうすか」

そう言って大隈は饅頭の箱を差し出したが、川上はそれを手で断った。よくこんな化学臭のする基地で平然と食べ物を口にできるなと思う。そもそもこんな前線でどうやって恒常的に箱菓子を入手しているのか、それがこの男の謎のひとつだった。

「刑罰は社内規定に基づいて公正に行う。私の裁量でどうこうできる事ではない」

「まあまあ。おれらみたいな若者が横浜駅に憧《あこが》れるのも無理ないじゃないですか。若気の至りってことで大目に見てやってくださいよ」

情報部門である大隈がこんな海峡の最前線にいるのは、彼がスイカネット解析の部局員だからだ。横浜駅構内を流れる情報を収集・解析して戦略に役立てる、という名目になっていたが、実際のところ戦略上有効そうな情報はほとんどない。

スイカネットに流れるのはあくまで横浜駅に住む人間たちの情報であり、下関で安くてうまいふぐ料理を出す店の情報である。構造遺伝界を通じて伝わる横浜駅自体の情報を知る術はまだない。

だから彼の「成果」といえば、こうして脱走を企てた同僚を見つけて告発することである。

九州と狭い海峡を隔てて反対側にあるエキナカには、対価を要求して外部の住民に Suika を導入する業者がいくつかあった。

業者といってもエキナカ通貨であるミリエンは九州では手にはいらないので、対価は必然的に物品となる。しかし生活必需品があちこちから生成されるエキナカと違い、九州の生産物で五〇万ミリエンもの交換価値のある物品を準備するのは難しい。その数少ない例外が、ＪＲの扱っている電気ポンプ銃だった。

このため、エキナカへの脱走を目論む兵士が後を絶たない。最初からその目的でＪＲに入社する者もいるほどだ。

住民を横浜駅の侵食から保護するという大義名分を掲げているＪＲ福岡にとって、この事実は極めて重大だ。下手をすれば住民の支持を失って、社が崩壊する恐れがある。瀬戸大橋を突破され求心力を失った四国のＪＲが、連続的なクーデターによって消滅したのは五〇年以上前のことだ。以来、四国では無政府状態の混乱が続いている。

このため、脱走兵を的確に見つけられる大隈《おおくま》の能力は、社内でも信頼が高い。

「しかし、なんで対人用の電気ポンプ銃が横浜駅の連中に売れるんですかね？　あの中じゃ暴力は厳禁のはずでしょ」

「使ってはならない武器でも、所有しないと落ち着かない連中がいるのだろう。かの時代の核兵器のようにな」

非合理的なやつらだな、とトシルは思った。技術というものを馬鹿にしている。なるべく自分の人生とは関わらないで欲しい意識だ。

そのとき、川上はテーブルの上に置かれた端末に目をやった。

「なんだ、その旧字体と数式だらけの文書は」

「戦前の物理学書っす。入力データ層から画像の状態で発掘されたんですよ」

「ああ、熊本の連中の仕事か。なにか役に立ちそうなことは書いてあるか？」

「まず日本語として理解するのが面倒なんですが、どうも構造遺伝界の基礎理論となる量子場の伝搬法則について解説されてるみたいですよ。まあ、所詮《しょせん》は人間の書いた本ですし、既に技術部門が知ってることだとは思いますが」


と言って大隈はトシルのほうをちらと見た。


「構造遺伝界への対策は見つけられそうにないか。あれを攻略しないことには、いつまでも増えるコンクリどもとのイタチごっこが終わらん」

「そうっすね。出力層や隠れ層のデータが取れればあるいは、って感じですが、記述言語が解読できないことにはどうにもなりませんよ」

「難しそうか」

「うちの優秀な解読チームが総力を尽くしてますよ。まあ単純に考えて、ホルマリン漬けにされた宇宙人の脳を持ってきて、そいつの性的嗜好《しこう》を読み取るくらい簡単ですね」

「だが、我々にとっては数少ない希望だ。なんとしてでも解読してほしい」

「そんなら取締役会にかけあって、もうちょっとうちの予算を増やしてくれませんかね。あいつら火砲にばっか金かけてバカなんじゃないですか。横浜駅相手に物量戦で勝てるわけがないんですから。うちらはお茶代さえ私費なんですよ」

「口を慎め。いくらお前が有能でも」


その時、基地にサイレンが鳴り響いた。

「駅の射出が始まりました！　座標は四七、三三、一二八です。担当兵員は至急集合してください」

川上は椅子にかけておいた軍服を掴《つか》み、ドアに向かった。

「呼ばれたので行ってくるぞ」

「へいへい。そんじゃお疲れ様です」

ひととおりの会話の間、久保トシルはぴくりとも動かずに窓の外を見ていた。いま目の前で喋っている人物達にまったく興味がない、というふうに。


横浜駅の西の最果て、関門海峡防衛戦は、五〇年以上にわたる膠着《こうちゃく》状態《じょうたい》にあった。かつて幅一キロにも満たなかった海峡は、連絡通路を延ばそうとする横浜駅に対抗し、度重なる沿岸工事で三倍以上に拡張されていた。それは九州と周辺島嶼《とうしょ》を統治するＪＲ福岡にとって、文字通り身を削るような戦いだった。

防衛戦の最初の世代は、植物が枝を生やすように延びてくる横浜駅の連絡通路を、集中砲火で撃ち落とすという戦いだった。横浜駅の伸長速度は、速い時でも対岸まで半日かかる。火力を集中させ叩き落《お》とす時間は十分にあった。

ところが、数十年を過ぎるころに横浜駅が戦略を変えた。あらかじめ駅の内部で十分な長さの連絡通路を完成させておき、射出するように延ばしはじめたのだ。これでは到達までの時間は三〇分にも満たない。このためＪＲ福岡は急遽《きゅうきょ》、沿岸工事で海峡を拡張して時間を稼ぐとともに、火砲の機動性確保を迫られることとなった。現在ではどこで連絡通路の射出がはじまっても、一〇分後には撃ち落とせる体制になっている。だが、連絡通路の射出速度も徐々に上昇している。

さらに数年前から、連絡通路の先端が自爆してコンクリート片をばらまき、対岸を構造遺伝界に感染させる、という現象が見られるようになった。横浜駅のこのカミカゼ作戦により、それまで一方的な攻撃者だったＪＲ福岡側に死傷者が出始めた。今回の脱走騒ぎも、そういう状況による士気低下の余波のひとつだ。

駅の中にいる人間あるいはコンピュータのような知性が戦略を立てているとは考えにくい。単に構造遺伝界がランダムな突然変異を起こし、横浜駅の成長に有効なものが保存されるアルゴリズムが存在している、と技術部門は推測している。

「これで、もう二〇年は戦えるでしょう」

そう自信ありげに言ったのは、抗構造遺伝界ポリマーを開発した科学部門の責任者だ。これで沿岸部を覆ってしまうことで、構造遺伝界の感染確率を格段に減らせるという。量産ラインが確立し次第、四国との輸送船にも導入する見込みだ。

数十年に一度の戦術改良。およそ人間の感覚では及びもつかない、神話的スケールの時間だ。自分たちは神話に記されるべき戦いをしているのかもしれない、などと考えて川上はひとりでくっくとしずかに笑った。

◆

川上がドアを閉めて出ていくと、部屋には大隈とトシルの二人が残された。

海峡防衛線の砲撃音を遠くに聞きながら、大隈は流し台でティーカップを洗った。しばらくすると、窓の外から「ビィーン」という甲高い音が聞こえてきた。横浜駅の連絡通路攻撃が始まったのだ。

「駅の活動規模には曜日ごとの違いがある。知っていたか」

「いえ」

「日曜と月曜だけ騒がしいんだ。なんでだと思う」

トシルは何も答えなかった。

「おそらく文明時代に、交通機関として利用されていた名残だ。構造遺伝界にはそういう情報も取り込まれているらしい。ただ土・日ではなく日・月ってのがポイントだ。二〇〇年かけて膨張する間に、どこかで概週リズムがズレたんだろう」

やはり無言だった。話に興味が無いというよりも、相槌《あいづち》をうつ必要性がないという顔だった。この男がそういう人間であることは新人研修の時点で把握していたので、大隈も気にしてはいなかった。

洗い終わったティーカップを伏せてラックに置くと、大隈はオフィスの椅子に腰掛けた。久保トシルは立ったまま、窓の外を見ていた。前線で軍事部門の兵士たちが噴煙を巻き上げているのが遠くに見える。

「仮定の話をしよう」

大隈はふたたび椅子に座って
「トシルくん。お前は仮に銃と引き換えにSuikaを手に入れたら、エキナカで何をしたい」

「Suikaを欲しいと思った事は無いですね」

「仮定の話だよ」

「仮定の話として、もしSuikaと交換できるだけの銃を手に入れたら、それを持って四国に行こうと思います」

そう言うと大隈は大きく口を歪《ゆが》めて、わざとらしく変な表情をつくった。

「今おれが茶を口に含んでいなくて良かった。噴き出すところだった」

「大隈さんは、」

トシルはそう言ってから口をつぐんで、言い直した。

「仮定の話として、もしある一人の人物が軍事部門の脱走兵を捕まえて、一方で技術部門の社員の脱走を支援したりしたら、その人は何がしたいのでしょうね」

「いい質問だ」

大隈は答えた。

「おそらくその仮定的な人物は、目の前に運ばれてくる問題を解決したいのだろう。この九州の守護者たるＪＲ福岡の社員がエキナカに脱走するとなれば、統治者の権威にかかわる大問題だ。その一方で、どうやってこの厳重なセキュリティを掻い潜って銃を盗み出すかというのも、興味深い小問題だ」

と言って、最初から切れているカステラを二切れ取った。

「いいかトシルくん。人生を楽しむコツは、十分に糖分をとって、十分に頭を使うことだ。インプットとアウトプットの流量を一致させるのが健全な新陳代謝だ」

そのとき再び、ビィーン、という高い音が遠くから聞こえた。

「うるさいなあ」

大隈はそう言って窓のカーテンを閉めた。遮光性・遮音性に優れたポリマーカーテンで、部屋はにわかに暗くなった。トシルはそれでも窓の方を見続けていた。

「駅がカミカゼ攻撃を始めたようだ。あれは嫌な音がするな。爆薬があるわけでもないし、一体どういう仕組みで爆発してるのかが全然分からん。技術部門は何か掴んでいないのか？」

「いえ。自分はただの兵器開発部ですし」

「そうか。中に入ってみりゃ何か分かるのかなあ」

「仮定の話ですが、大隈さんなら、身ひとつでエキナカに入れるんじゃないでしょうか？」

「ああ、まあそれは川上さんにも言われるな。お前くらいの技術力があれば、中での仕事もあるだろう、どこかの Suika 業者が拾ってくれる、とかなんとか。だいたい機嫌が悪いときの嫌みだ」

大隈は少々威圧するように首を上げた。小柄なトシルに比べて一〇センチほど目の位置が高い。

「だがな、冗談でもそういうことは言うなよ。おれは一応、責任のある立場なんでね」

「責任、ですか」

トシルは少し首をかしげるような動作をした。

「うむ。今いる九州住民のうち、Suika を導入できるだけの対価を用意できるのは一％もいないだろう。そういう人達のために駅の侵食を守るのが我が社の使命な訳だな。そういう訳でおれは勤続一〇年、住民の税金からお給料を貰《もら》っているわけだ。分かるかな、久保トシルくん」

「横浜駅がここまで侵食してくれれば、ここの住民が減った分、エキナカの人口が増えますよ。多分、得する人のほうが多いでしょう」

「なるほどなあ。ベンサム的な最大幸福化というわけだ。よし、こういう話はやめよう。倫理的に色々な面倒がある」

大隈がそう言うと、窓の外を見ていたトシルがちらりとだけ彼に目線を向けた。なぜこの人はこんな当たり前のことが分からないんだろう、という、馬鹿にするような目だ。

お前くらい物事を単純化して考えていたらおれももう少し楽なんだがな、とでも言ってやろうかと大隈は思ったが、あまり意味がない気がしてやめた。

「しかし残念だよ、トシルくん。おれはお前のことを弟みたいに思ってたんだが」

「自分も大隈さんのことは兄みたいに思ってますよ」

「どういう意味かな、それは」

「血縁にたいした意味はない、ということです」

「だよなあ」

そう言って大隈は椅子の背もたれを倒して大きくのけぞった。

ピィーン、という音がまた聞こえた。今日の連絡通路射出攻撃はずいぶん激しそうだ。


その二日後、久保トシルは大分の軍港にいた。その手にはN700系の電気ポンプ銃が一丁握られていた。小柄な彼が持つと、長銃はより大きく見える。IDタグは既に剝《は》がされている。内部構造を知っていれば、機能を維持したままタグを外すのは難しくない。

四国のJRが消滅して以来、無政府状態と混乱の続く四国からの難民を受け入れる船が、JR福岡の管理の下に運用されている。その窓口となるのがこの大分だ。

軍港であるため一般人は立ち入り禁止だが、有刺鉄線の張られた柵《さく》の外側には、横断幕を張ったデモ隊の姿があった。

「難民受け入れ反対」

「四国人は島に帰れ」

「本社は住民の生活を保障せよ」

といったことが横断幕に書かれている。九州で単に「本社」といった場合、この地域の現在の統治者である、ＪＲ福岡の博多本社を指す。

九州地方の生活レベルは、恒常的に物資が供給されるエキナカに比べると何段階か低い。長い長い海峡防衛戦がその原因だ。無限に増え続ける横浜駅に対抗して有限の物資を消耗していくことで、住民の生活は少しずつ困窮していた。こんな状況で四国の難民を受け入れることに難色を示す住民は少なくない。

デモ隊の民衆たちは、軍服姿で現れたトシルに対し、睨《にら》みつけるような嘆願するような微妙な表情を見せた。トシルはそうした人々に特に関心を示さず、軍港のゲートにいる事務員に話しかけた。

「増員要請を受けて本社から派遣された久保トシルです。明日《あした》出発の難民船に同乗します。武器はこちらで持参しています」

事務員は面倒そうに端末のキーを叩《たた》いた。

「そういう連絡は来ていないが」

「ちょうど駅の射出が始まったので、命令系統が混乱しているんでしょう。これが辞令書です。あと、社員証」

トシルは淀《よど》みなく言って辞令書を見せた。コピー機で作ったかなり雑な偽造だったが、事務員は一瞥《いちべつ》するだけで「三階にいる局長に詳しい話を聞いてくれ」と言ってトシルを通した。三階に向かって同じ説明をすると、白髪の局長は紙巻タバコを吸いながら秘書官に何かを命じ、すぐに明日の難民船に関する命令書を印刷させた。

つい先月、四国の難民とデモ隊が衝突して負傷者を出したばかりなのだ。身元の怪しい者でなければ、護衛兵は多いに越したことはない。そして社員証は紛れもない本物だった。

明日出発する船を見ておこう、と思って埠頭《ふとう》に向かうと、分解された船のパーツが太い綱に結び付けられて海に浮かべられていた。なにか特殊な漁業でもやっているように見える。

「あれは何をやってるんだ」

と、近くを歩いていた軍港の技術職員に聞いた。肌の焼けた中年の技術職員は長銃を持ったトシルを見て、本社軍事部門の社員だな、と判断した。

「構造遺伝界を散逸させているんです。四国から来た船は、海水に三日間浸しておくという規定になっているもので」

と敬語で返事をした。

「海水につけておけば散逸するのか？」

「少なくとも電解質を含む水には弱いということが分かっています。横浜駅が海にまで拡大しないのは、そういう理由であると」

「船をバラバラにする理由は？」

「表面積を増やして散逸を促進するためですね。あと体積が小さいほうが構造遺伝界が維持されづらいんだそうです。私も技術的な詳細は存じ上げませんが」

「往復のたびにいちいちバラバラにするのか？ 非効率的じゃないか？ 大体、そこまで構造遺伝界が浸透していないだろう」

とトシルは言った。本社の情報によると、現時点ではせいぜい瀬戸大橋を渡った先、香川北部あたりまでしか横浜駅構造は展開していない。構造遺伝界が先行して四国に広まっているとしても、愛媛西端の宇和島のほうまでは浸透していないはずだ。

「仕方ありません。これくらいやらないと住民が納得しないんですよ。船もそのためにモジュール化が進んでいて、半日あれば組み立てられますよ」

パフォーマンスだな、とトシルは思った。人間を納得させるために技術的に不要なことをやっているわけだ。もちろん九州の住民からすれば、難民受け入れの効率を悪くするという意図もあるのだろう。

構造遺伝界の性質については、ＪＲ福岡の技術部門でも研究が進んでいた。横浜駅構造の情報担体であり、固体に伝搬する性質を持った量子状態。とくに金属の上の伝搬速度が速く、初期の駅増殖が鉄道路線に沿っていた事はこの性質による。

ただし実際にはコンクリートやプラスチック等、均一な固体物質であればたいてい感染する。その感染状態は、固体が大きいほど維持されやすい。

そういう訳で、四国側から難民受け入れが強く要請されているにも拘わらず、実際に運用されているのは数隻の小型船のみで、それも毎回軍港でバラバラにするため、受け入れの効率は極めて悪

131　あるいは駅でいっぱいの海

い。

　しかし、こういう僅《わず》かな受け入れ政策が、四国住民の不満のガス抜きとして機能していることは確かだった。受け入れを完全に拒否した場合、四国住民が大挙して不法越境してくる懸念があった。そういう理由もあってＪＲ福岡は受け入れの窓口を用意しているのだった。

　トシルが軍港の宿舎で一泊する間に、分解された船は組み立てられ、翌朝にはきちんとした船の形を為していた。駅構造が自然発生するのに似ているな、とトシルは思った。

「本船はまもなく宇和島方面に向け出港する。乗員は所定の位置で待機するように」

という船内アナウンスが流れた。自分に所定の位置があるのかが分からないが、適当な場所に立って待機した。何人かの護衛兵たちがトシルの方をちらっと見たが、何も言わずに待機を続けた。この軍港は慢性的に人員不足で、急な増員など日常茶飯事なのだった。

　二時間ほどで船が四国に到着すると、港には大勢の難民たちが待機していた。まだ春で夜は冷え込む時期なのに、シャツ一枚だけの子供や老人が大勢いた。混乱と貧困の続く四国で、武装集団から逃れ、命からがらこの西の端まで流れてきたのだろう。

　トシルは難民たちが所持品のチェックを受けている間に、トラブルが起きないように銃を持って待機を続けた。これが彼の、ＪＲ福岡の社員としての最後の仕事であった。

　何らかの方法でSuikaを手に入れて、関門海峡を渡ってエキナカに脱走しようとする社員は多い。だが、まさか好んで四国に行こうとする物好きがいるはずがない、と誰もが思っている。そういうわけで、四国への脱走は極めて簡単だ。

　帰路につく難民船が出港する少し前、彼は夜の闇にまぎれた。

視界の左側には一面の海が広がっていた。

四国は関東地方よりも一〇日ほど早く梅雨が明け、夏が訪れていた。夏の瀬戸内海というところは基本的に天気が良い。視界は相当にクリアーだが、対岸の中国地方にひろがる横浜駅はさすがに見えない。たまに見える陸地は瀬戸内海に浮かぶ離島で、どれも緑に覆われている。

本州と陸路でつながっていないこれらの島々は、横浜駅が近い将来に四国を覆い尽くしても、自然の地面として残り続けるだろう。Suika を持たない人間たちの逃げ場のひとつとして機能するかもしれない。

◆

久保トシルは小型の電動スクーターに乗って、瀬戸内海に沿って東に進んでいた。難民船にまぎれて四国に乗り込んでから、二ヶ月が過ぎていた。

スクーターのメーターは最大時速九〇キロと示されていたが、舗装のほとんどない道ではせいぜい三〇キロしか出さない。それ以上出すと腸捻転《ちょうねんてん》になりそうなほど車体が揺れるし、エネルギー効率も悪くなる。

周囲に人工物らしいものはほとんど見えない。たまに見る錆《さ》びきったガードレールや、内容の判別できない道路標識だけが、かつてここが国道十一号と呼ばれる道路で、四国中央と呼ばれる都市であった事を物語っている。中央を名乗るからにはよほどの大都市だったのだろうかと思うが、冬戦争前の繁栄を思わせるものは見当たらない。

四国に来て一ヶ月目にスクーターを入手したのは幸運だった。最悪、徒歩で徳島まで行く覚悟だったからだ。

長さ一メートルもある電気ポンプ銃をこの機体に乗せるのは難儀だった。分解して積み込めば楽なのだが、いつ誰が襲ってくるかも分からない土地では、武器をすぐに使える状態にしておくのが原則だ。

仕方がないので、銃を横向きにして荷台に縛り付けた。これなら最悪でもこのまま撃つことができるし、武器を誇示することで威嚇にもなる。横幅がありすぎて狭い場所で通行の邪魔にはなるが、そういう狭い道はそうそう無い。対向車もまず来ない。

トシルの走る道は少し高台にあって、よく晴れた空と海がきれいに見える。地上でどんな事が起きようと、海と空はいつも同じ色をしている。

起伏の激しい「国道十一号」をしばらく走っていると、顔にあたる空気の速度が目に見えて遅くなってきているのが分かった。

「ああ、くそ、今日はここまでか」

とトシルはつぶやいた。バッテリー残量を示すメーターが残りわずかとなっていた。

このスクーターの電力は、荷台に取り付けられた二枚の光電池パネルから供給されている。だが二枚とも経年劣化が激しい。数日充電して、やっと一日走れるといった具合だ。梅雨時はなお遅い。

既に日没が迫っていたが、スクーターのパネルが示す時計は十五時を指していた。このスクーターを手に入れて一ヶ月近く経つが、十五時以外の時刻を指すのを見たことがない。

そのとき、道路の脇にそっけなく置かれた「店あります」という木製の看板を見かけ、トシルはスクーターのハンドルを左に切った。方向指示器は既に点灯しなくなっていたが、そんなものの必要性を感じたことはない。

看板にあった「店」は瀬戸内海に面した掘っ立て小屋だった。雨が凌《しの》げるのかどうかも怪しい暗い木造建築の中に、中年男性の店主の姿がある。

「いらっしゃい。銃の持ち込みはおことわりネ」

と店主は言った。トシルは長銃の縛り付けられたスクーターを、銃口を店の反対側に向けて横付けにした。

「あんた、その格好はＪＲの人ネ。長袖《ながそで》で暑くないかネ」

トシルはその質問に答えずに、店内の商品を一瞥した。地面にじかに置かれたプラスチック製の箱の上に、調理器具や靴、工具といった雑多なものが並べられている。値段の表記はない。店のみすぼらしさに反して商品は新しいものが多い。こんなものを作っている工場が近くにあるのだろうか。

「光電池パネルが欲しい。なるべく大きくて、新しいやつ」

と言うと、店主の男は木箱の中をごそごそと漁《あさ》って、二〇センチ四方ほどあるパネルを数枚取り出した。トシルは一枚をチェックした。ほぼ未使用品だ。こんな古びた店で手に入るとは信じられない。

「ＪＲＹは使えるか?」

と言ってトシルはポケットから紙幣を出した。ＪＲＹは日本政府の消滅後に流通がはじまった貨幣で、かつては四国と九州の共通通貨だった。

「久々に見たネ。悪いけど今じゃ紙くずネ」

「物々交換か？　乾燥糧食とかならあるけど」

「食料は定期的に対岸から拾って来られるネ、あまり価値はないネ」

「タイガン？」

「出てくるポイントは秘密だヨ」

そう言うと店主の男は海岸の下のボートを指した。なるほど、あれで対岸に渡って、エキナカから産出される物を取ってくるのだろう。

「光電池パネルも〝対岸〟で出るのか」

「出るネ。あそこは太陽なんて当たらないところヨ、みんな捨てられるネ」

なんでそんなものが生成されるのだろうか、とトシルは思った。横浜駅の構造遺伝界は基本的に取り込んだ物質を複製する仕組みがあると聞いているが、冬戦争時代の本州にはあちこちに光電池パネルが広がっていたのだろうか。

「じゃ、何となら交換してくれるんだ」

「抗生物質はあるかネ？」

「ない」

「機械部品とか、工具類はあるかネ？」

「少しある」

トシルはスクーターのシートを上げて、いくつかの機械部品を取り出した。四国を旅する間、そこら中に放棄されている故障機械から拾い集めたものだ。パーツ単位で見ればまだまだ動くし、最悪でも電気ポンプ銃の弾になると思って拾い集めていた。

「それ全部で四枚だネ」

「全部は困る。二つで十分だ」

「いいヨ」

そう言ってトシルは機械部品を適当に半分握って渡した。受け取ったパネルをスクーターに増設し、導線をバッテリーにつないだ。沈みかけの太陽に晒《さら》すと、どうにかバッテリーの残量は増え始めた。


店を離れて、残り少ない電力を温存するために、なるべく太陽の真逆の方向にゆるゆると走っていると、古びたコンクリート製の建物を見つけた。道から少し外れたところだった。

コンクリートの壁には大量の植物のツタが這っていたが、その下に縦長い「尺」という看板がかろうじて読める。

「お、これはもしかすると」

トシルは長銃の銃身を使ってツタを引き剝《は》がしてみた。「尺」と書かれたパネルの左側には細長い「馬」が現れた。つまりこれは「駅」だ。その左にも何枚かのパネルがあったが、そちらはもう剝がれ落ちていて読めない。なんという駅なのかは分からない。

「JR統合知性体のユニットか。四国にも残っているんだな。ちゃんと建物の体をなしているのは珍しい」

とつぶやいた。一人旅をしていると自然と独り言が多くなるな、とトシルは思う。社員寮の四人部屋で過ごす時間が長すぎて気づかなかったが、自分は誰もいない場所では結構喋《しゃべ》るようだ。

スクーターで駅のまわりをぐるりと回ったが、線路らしきものは全く見当たらなかった。おそらく一〇〇年も放置される間に、資源となりそうな金属は全て持ち去られてしまったのだろう。枕木の一本さえも見つからない。

長く続く無政府状態のため四国ではインフラの整備はまったく行われず、アスファルトの地面すらも剝がれ、土に埋もれ、草に覆われていた。人工物と呼べるものは、点在する建物の他には、樹木に交じって灰色の電柱がときどき覗《のぞ》いている程度だ。

だがこの事がかえって横浜駅増殖を遅らせる事になった。均質な金属やアスファルトに比べると、自然の地面の上での駅構造の増殖は遅い。瀬戸大橋が一〇〇年以上前に突破されたにも拘わらず、いまだ香川でしか駅構造が出現していない。

ＪＲ福岡の持っている情報によると、瀬戸大橋から香川に上陸した駅構造は現在、吉野川の北岸の大部分で既に構造形成を始めているという。淡路島のルートに関しては、もともと鉄道路線が存在しないために侵食は遅い。広島からしまなみ海道を渡るルートについては、そもそも広島まで駅構造が到達したのが比較的最近であるため、今治に横浜駅が到達するのは相当先のことになりそうだった。

建物の中に入ると蜘蛛《くも》の巣が目一杯張られていた。長いこと人の入った痕跡《こんせき》はない。内部を隅々まで探ったが、残念ながら給電システムは全て持ち去られていた。スクーターを急速充電するのは難しそうだった。

まあ仕方がない。そんなシステムが生きていれば、誰かがとっくに住み着いているはずだった。とにかく今は、屋根と壁が備わった建物があるというだけでありがたい。

スクーターを建物内に持ち込んで停車した。シートポケットから1Lサイズの金属製ボトルを取り出して、中の白濁した液体を一口飲んだ。

触媒式のセルロース分解ボトルは、そのへんの草だろうと木の枝だろうと、水をいれて温めれば砕いて分解してブドウ糖にしてくれる。戦時中に遠征時の非常用食料源として開発されたものだ。よほどの飢餓状態でなければ生臭くて飲めたものではないが、トシルは食べ物の味というものに基本的に無頓着《むとんちやく》だった。味覚は進化の失敗作だ、と彼は思っていた。

建物内の部屋を仕切るガラスには何か文字が書かれていたようだったが、字体も古い上に削れていて全く読めなかった。おそらく「みどりの窓口」とか「待合室」といったことが書かれていたのだろう。トシルは「窓口」の方に入った。

中は瓦礫《がれき》が散乱していて天井は剝がれ落ちていたが、ひとまず夜中に雨で起こされることはなさそうだった。満足してスクーターから折りたたみのマットを取り出して、瓦礫を足で簡単に払って、床が見えたところにマットを敷いて眠った。

がさごそ、という音がして目を覚ました。

草深く埋もれているこの駅に、誰かが近づいている音のようだった。一人ではない。四人か五人いる。

なるべく音を立てないようにすっと起き上がると、窓口の方に近づいた。男たちが駅の建物の中に入り込んで、待合室のベンチの脇に停めておいたスクーターをいじっているようだった。モーターを起動させようとしているのだろう。

トシルは「みどりの窓口」と書かれていたと思われる窓口越しに銃を発射した。加速された針が、スクーターに触っている手を貫いた。

「ぎゃっ」

と低い悲鳴とともに、腕が脊髄《せきずい》反射的に跳ね上がった。針は海岸で拾ったもので、おそらく漁に使われていたものだ。殺傷能力はほとんどない。

「そのスクーターに触るなよ、貴重品なんだ」

という声を聞いて、スクーターに群がっている男たちがトシルの方を見た。

「何人？　四人か。弾、足りるかな」

と言って、拾ったパチンコ玉を銃に装填《そうてん》した。ＪＲ福岡から拝借した長銃の「サクラ」ではなく、彼が私物として持ち歩いていた短銃の「ミズホ」の方だ。長さ一メートルもあるＮ７００系長銃は狭い場所では不便なので、室内戦を想定して持ってきたものだ。

ぽん、ぽんと気の抜けた音が響いて、二発のパチンコ球が二人の男の右腕に当たった。「ぐっ」「うえっ」という声が漏れて、二人が持っていた鉄パイプが駅の床に落ちた。

金属なら何でも弾丸にできる電気ポンプ銃だが、正確に狙うなら弾丸はなるべく球状が望ましい。ネジなどは空気抵抗で軌道が予測不能であるため、とくに短銃で使う場合には向かない。

「お前ら、せっかく逃げられるように腕を狙ってるんだから、さっさと逃げろよ。死体に転がってられると、邪魔になるじゃないか」

トシルは言った。

夜中で月明かりがわずかにホーム側から差し込むだけの環境だった。四人の男たちは小さな声で何かボソボソと喋っていたが、すぐに走って駅舎から出て行った。

男たちが落とした鉄パイプを拾った。スクーターを見ると、取り付けたばかりの二枚の光電池パネルのうち、一枚が剝がされていることに気づいた。ネジで固定しておいたのに、ナイフのようなもので切り取られていて、尖《とが》った部品が残っていた。勿体《もったい》ないことをするやつだな、と思った。

翌日、太陽が昇った瞬間にトシルは目を覚まし、バッテリー残量の少ないスクーターを走らせて昨日の店に向かった。

海岸沿いの掘っ立て小屋は荒らされていて、商品はひとつも残っていなかった。殴られて冷たくなった店主だけが地面の上に置かれていた。

「ああ、おっさん死んじゃったのか」

と言った。商品の品物はまるごと持ち去られており、店主の服まで剝ぎ取られていた。昨夜の四人組の仕業だろう。トシルのスクーターの轍《わだち》を追跡したようだった。

「やっぱり四枚買っとくべきだった。失敗したな」

小屋の壁によりかかって乾燥糧食を食べながら、朝日を見ていた。今回見つけた統合知性体ユニットのことは、JR福岡の情報部門は把握しているのだろうか。大隈《おおくま》さんに報告すれば喜ばれるだろうな、ということをぼんやり考えた。

「川の向こうに渡れば横浜駅が広がってるから、そこでいくらでも給電できるけどねえ」

と村の老婆は言った。

◆

「横浜駅の電力は、Suikaを持ってなくても使えるのか？」

「あちこちに給電ポイントが出てるし、どんどん増えてるねえ。でも電気や食べ物がよく出るところは怖い人たちが占拠してるよお」

「それは問題ない」

と言ってトシルは、スクーターに載せられた長銃を見た。

ＪＲ統合知性体ユニットから数日走ってたどり着いたのは、吉野川南岸の小さな村だった。小高い丘の上に樹木で塀をつくって、入り口の門のところに電気ポンプ銃を構えた男たちが何人も並んでいた。なかなかの警備体制だ。

といっても銃はトシルの持つ最新式に比べてだいぶ古い。銃身が重いうえに出力が弱く精度も悪い。

村の給電施設を使わせて欲しい、という申し出はあえなく拒否された。村では川を利用した水力発電を使っていたが、村落に電気を供給するだけで手一杯で、素性のしれない他所者《よそもの》に与える余裕は一ワットたりとも無い、ということだった。

この村もあと五年か一〇年もすれば、南下してくる横浜駅に埋もれることが確定している。数百人いる村人にSuikaを導入する見込みのある人間はひとりもいない。そんな者がいれば、こんな治安の悪い土地はとっくに捨てて、川を越えて横浜駅に入っているだろう。

どうせ短い命運なのに、なぜそう躍起になって村を守ろうとするのだろう、と思う。

太陽電池パネルでどうにかスクーターを走らせてきたが、どうしても限界が近いようだった。大規模な給電施設を見つけて充電したいところだった。予備電源まで満タンになれば、後は軍用地図にある常設給電所を巡っていけばいいので、そうそう困らない。

「吉野川を渡れる橋はあるのか?」

「そのクルマで渡れそうな橋なんて、このへんにはもう一つも残ってないよ。吊《つ》り橋《ばし》がいくつかあるだけさ」

「それは困るな」

トシルはスクーターを舟に載せて運ぶことを少し考えたが、そんな舟が都合よく見つかるとも思えなかった。ここに来るまでに何度か渡し舟を見たが、どれも数人で満員になりそうな小舟ばかりだ。

「エキナカ以外の給電所はないのか?」

「あることはあるけどねえ、行かない方がいいよお」

と老婆は苦々しい顔をして行った。

「どうしてだ」

「幽霊が出るよお」

と老婆は少し下を見て小声で言った。

「それならむしろ見に行きたい」

「あんた、幽霊が好きなのかあ？」

「見たことないから分からない。人間よりは好きになれるかもしれない」

と言うと、老婆は渋々と場所を教えてくれた。

給電所はここから十二キロほど南にあるという。吉野川の南岸には険しい四国山地が広がっているが、そのうちの一箇所に小さな無人の給電所があり、少女の幽霊が出る。冬戦争で家族もろとも死んだ女の子の霊である。両足がないが、施設に入ってきた者を死んだ両親だと勘違いして上半身だけで追いかけてくる、ということを何人もの村人が話しているらしい。

冬戦争が終わったのは二〇〇〇年前のことだ。となると相当に年季の入った霊ということになる。太宰府にいる菅原《すがわら》道真とか、それに近いレベルの霊なのだろう、とトシルは思う。

老婆に教わった場所まで山道をスクーターで登っていった。蝉の声がじんじんと耳に刺さる坂を登って行くと、木々に日を遮られてバッテリーがみるみる減っていったが、どうにか「給電所」と白ペンキで乱暴に書かれた看板までたどり着いた。こういう木製看板は一体誰が立ててるのだろうか、といつも不思議に思う。


そこにあったのはコンテナ型の電力井戸だった。地熱のある場所までトラックで運んで、金属棒を地面に差し込んで発電をするものだ。冬戦争時代に大規模な発電所が次々と破壊されたため、こういう地産地消型の小型発電機がどんどん普及していった。九州でもＪＲの運営する大型質量炉以外に、こういう水力や地熱式の可搬式発電機が村に一つか二つある。

ひとまずスクーターの充電をしようと思い、トシルはコンテナの重い金属扉を開けた。

「誰かいるか？」

中は暗かった。天井に電灯はあるのに点灯していない。設備のランプの点滅や稼働音はあるので、電力がない訳ではないようだった。誰かが意図的に電灯を消しているのだろうか。

コンテナのいちばん奥に、動くものの影があった。

そこにいたのは、人間としては小さすぎる影だった。頭の高さが椅子の座面ほどしかない。下半身はなく、上半身が床に直接乗せられ、少女の顔が睨《にら》みつけるようにこちらを見ている。美術館の胸像のように見えなくもない。

「本当に幽霊がいるのか。浮いてるものだと思ってた」

と言ってトシルは長銃の「サクラ」を抱えて少女に向けた。

「動くなよ。あ、ちょっとその前に確認したいんだが、お前に銃は効くのか？」

「効かないよ」

少女は答えた。幽霊というわりにははっきりとした声だ。音声としては普通の子供の声だったが、どこか少し違和感がある。コンテナの反響のせいだろうか。

「なんでだ？」

「撃ってみれば分かる」

「そうか」

と言ってトシルは「か」を言うのと同時に、少女に向けて電気ポンプ長銃「サクラ」の引き金を引いた。「ぽん」という音が発電所に響き渡り、時速三〇〇キロまで加速された硬貨が少女に向かって放たれた。

少女はそれを手で掴《つか》んで止めた。かん、という金属的な音がした。

「これって一円玉？　日本政府のお金がまだ残ってるの」

少女は手元を見て言った。折れたアルミニウムの円盤が手に握られていた。

「幽霊は初めて見たが、弾丸を掴んで止めるのか。想像とだいぶ違うな」

コンテナの闇に目が慣れて来たことで、少女の顔がよく見えるようになってきた。顔つきは六歳か七歳くらいの少女だ。

「撃てば分かると言われて本当に撃つ人は、私も初めて見た」

トシルはそこで初めて違和感の正体に気づいた。声と口の動きが微妙に合っていないのだ。腹話術の人形のようにズレている。

「そうか。じゃ、初めてついでにもう一回撃っていいか」

トシルは電気ポンプ銃の出力を「低」から「中」に上げた。

「いいけど、もう一回撃ったらこっちからも攻撃するよ」

「幽霊がどうやって攻撃するのかは見てみたい」

と言ってトシルは引き金を引いた。弾丸が放たれる一瞬前、少女は両腕で床を激しく突いた。ガン、という音が響いてコンテナ全体が揺れた。上半身だけの少女がふわりと飛び上がって彼の上にのしかかった。そのまま長銃の砲身を掴んで、グリップの部分でトシルの顎《あご》を殴った。

「えぐっ」

とトシルは間の抜けた声を出して、そのまま後ろ向きに倒れてコンテナの外に落ちた。頭を強く打ったところに上半身の少女がずしりと飛び降りてきて、トシルの両腕を封じた。上半身だけの少女とは思えない重量で、げふっと血液の混じった息を吐いた。

腰から短銃の「ミズホ」を取り出そうとしたが、掴まれた腕はまったく動かない。工作機械に締め付けられているようだった。

近距離で見ると、少女の上半身の切断面、本来なら内臓か何かが露出しているべき部分に、ケーブルと端子のようなものが覗《のぞ》いている。

「驚いた。最近の幽霊は機械式なのか」

と言うと、口の中で鉄の味が広がった。少女はそれを聞いて苦々しい顔をして、それから
「完全に正当防衛だけど、あまり人を殺したくないので、大人しく帰ってほしい。武器だけ貰《もら》っておくから」

と言った。

「なんでだ？」

「何が」

「なんで殺したくないんだ？　ロボット三原則ってやつか？」

「別にルールがある訳じゃない。やろうと思えば出来るよ」

そう言うと少女はトシルの両腕を掴んだ手の握力を強めた。万力で締め付けるように一定速度で徐々に圧力が強まってくる。明らかに人間の筋肉とは違うタイプの力だった。

「待て待て、降参だ。おれとしてもなるべく殺さないで欲しい。スクーターの充電をしに来ただけなんだ」

少女はそこでコンテナの外に停められた電動スクーターに気づいた。

「充電をしたいだけなのに、どうして撃ったの？」

「幽霊がいると聞いたから、とりあえず撃ってみた」

「幽霊じゃない」

「もう分かった。おれは機械は撃たない」

「どういう基準なの？」

「幽霊は撃つとどうなるか知らない。だから撃ってみる。機械は撃つと壊れる。勿体ない」

「変なやつ」

少女はそこでようやく手を離して、片手でトシルの長銃を握ると、もう片方の手で器用に体をコンテナの中に押し込んだ。トシルは両腕に血液が流れ込んで指先が少し熱くなるのを感じた。

「なんで脚がないんだ。そういう設計なのか？　偉い人が文句言わなかったのか」

トシルは息を整えると、起き上がって少女の方に向きなおって言った。

「脚ならここにあるよ」

そう言って機械少女は、両腕だけで器用にコンテナの発電設備に登って、その上に隠しておいた脚をとりだした。金属製の骨格に、太い導線とプラスチックのような部品がまとわりついている。片足の膝《ひざ》のあたりが、強い力で引きちぎったように切れていた。

「なるほど。脚を破損して、ここに引きこもってたのか」

機械少女は小さく頷《うなず》いた。

「たまたま給電所があったから。動かない脚なら、外しておいたほうが動きやすいし、電力も要らない」

「いいね」

そう言ってトシルは少女をまじまじと見た。上半身だけでするすると動く姿は明らかに人間とは別種のそれだったが、ただ床に置かれていると普通の人間の少女にしか見えない。しいて言えば、本来人間が持っているべき身体の自然な揺らぎが無い、といったところか。

「ちょっとその脚を見せてくれるか？　どういう構造になってるのか興味がある」

「機械に詳しいの？」

「経歴上はそういう事になるな。ほれ」

そう言ってトシルは社員証を取り出した。「ＪＲ福岡 技術部門第四課 久保 利」と書かれている。

「ＪＲ福岡の人」

「もう退職したがね。久保トシルだ」

そう言いながら、四国で名乗るのは初めてだな、と思った。

「私はハイクンテレケ」

「変わった名前だな。どこから来たんだ？」

少女は黙っていた。

「北海道か。ずいぶん遠くから来たんだな」

「どうして」

「ここに書いてある」

と言ってトシルは少女の脚部を指した。関節のパーツに小さく、ＪＲ北日本のロゴマークであるキツネの意匠が刻印されている。

「北の連中はこんな兵器を作ってるのか？　確かに対人には強いだろうけど、横浜駅との戦いに役立つとは思えないな」

「私は兵器じゃない。任務は潜入工作」

「工作？」

「情報収集とか、スイカネットのノード獲得とか、色々」

「ふーん」

そういえば大隈《おおくま》さんが、北の連中はネットに強い、って言っていた気がする。

彼ほどの技術を持っていてもせいぜい関門海峡の向こう側、下関から岩国あたりまでしかネットワークに侵入できない。なるほど物理的なエージェントを派遣すれば、海岸越しに電波を出すよりもノードの獲得はぐっと効率的に進むだろう。

スイカネットというものは、戦時中の領土みたいに獲得とか掌握とかいった概念があると聞いている。横浜駅の東日本側で最も多くのノードを掌握しているのがＪＲ北日本だ。そして西側で支配を拡大していたのが、キセル同盟と呼ばれる謎の組織だ。だがそれも四年ほど前に消滅して、それ以来音沙汰《おとさた》がない。関西に本拠地があったらしいが、詳しいことは分からない。

「モーター駆動じゃないのか。このプラスチックは何だ、人工筋肉か？　何本かが損傷して固化してるな」

しばらく脚を眺めていたトシルが言った。

「直せる？」

ハイクンテレケは無表情のままだったが、声のトーンが少しだけ高くなっていた。

「根本的に元に戻すのは無理だ。材料がないからな。まあ応急処置くらいはできるかな。代わりに撃ったことをチャラにしてくれるか？」

少女は黙っていた。

「まあいいや。どっちでも同じことだ」

◆

「ここに引きこもっていて、どうするつもりだったんだ？」

ハイクンテレケの脚を解体しながらトシルは言った。右脚の人工筋肉の何本かが、損傷して固化しているようだった。これを外せばもう少しマシになる。左右に同期系がついてるから、右を損傷すると左もまともに動かなくなったのだろう。どうも設計のセンスが悪いな、とトシルは思った。

「電力と身の安全を確保していた。直す方法がないか調べてた」

「調べる？　何を」

そう言うとハイクンテレケは自分の後頭部を指した。

「補助記憶装置。ボディの仕様に関する情報も入ってる」

「なるほど。つまり覚えてはいるけど、理解はしていないってことか」

「よく分かるね。私は最初は自分でもうまく説明できなかった」

「一応、技術者なもんでね」

そう言ってトシルは作業を続けた。人工筋肉の周りには制御装置があちこちに付いていて、簡単な動きであればあらかじめプログラミングしておく事ができる。さっきの銃弾を受け止めるほどの反射神経は、この機構を使ったのだろう。

これが正常に動いていれば、大抵の攻撃は避けられそうに見える。

「なんで怪我したんだ」

「襲撃に遭った。数がすごく多かったから、回避しきれなかった」

「この脚ならおれのスクーターより速いだろ。逃げきれなかったのか？」

「ここからちょっと南のほうの村で、子供とか多かったから」

「子供が多いと、どうなるんだ？」

「……説明してもたぶん分からないよ」

「そうか。別にいいけど」

そう言ってトシルは作業を続けながら、村の子供にこのハイクンテレケが交じっている様を想像した。それから、そこに武装集団が襲撃してくる様を想像した。ひととおり想像したが、逃げきれない理由は何も思いつかなかった。

「JR福岡にはあなたみたいな人がいっぱいいるの？」

「どうだろう。少なくともお前みたいなのは居ない。みんな有機物でできてる」

手元が見えづらくなってきたことにトシルは気づいた。天窓を見ると、既に夜が更けていた。

「暗いな。ここに電灯はあるのか？」

「待って」

そう言ってハイクンテレケは腕だけで器用に発電装置の上に登り、電灯のスイッチを入れた。コンテナの天井にあるＬＥＤが点《とも》った。おそらく耐用年数を遥《はる》かに越えているであろう、くすんだ色だった。

「ロボなら、目からライトが出せたりはしないのか」

「必要ない。私は赤外線も見えるから」

「いいね。合理的だ」

そう言ってからトシルは彼女の脇に置かれた小さな懐中電灯のような筒に目をやった。それから彼女の上から下（数十センチしかない）に視線を動かして、

「なんで子供なんだ？」

と言った。

「エキナカの潜入に好都合だから」

「どうして」

「六歳以下の子供なら Suika 認証を避けられるの。知ってる？」

「聞いたことはある。子供が生まれるとデポジットとかいうのを用意するんだろ。六歳までに」

「うん。だから子供に似せて作れば、自動改札の排除システムをある程度避けられるの。完璧《かんぺき》じゃないけどね。駅の免疫機構は形状をベースにしているらしいよ」

「そうか。作ったやつの趣味かと思った」

そう言うとハイクンテレケは不機嫌そうな顔をした。

「福岡のＪＲは、そういう研究はしていないの？」

「ああ。うちのやつらは兵器にしか興味がないよ」

そう言いながらトシルはハイクンテレケの脚部の人工筋肉を引いたり押したりした。この手の機械技術ならうちの方が上だな、とトシルは思った。設計の非効率さを、素材のスペックで補っている。これではコストも高いし、保守性も悪い。こういうのはやはり両社の置かれた条件の違いにもとづいているのだろうか、とトシルは思う。

九州の防衛線は狭い海峡であり、射出されてくる連絡通路を構造力学的に、マクロ的に破壊することがJRの主戦術となる。

しかし北海道と横浜駅を隔てるのは、関門海峡より遥かに広い津軽海峡である。連絡通路が襲ってくる心配はまず無い。問題は、既に構造遺伝界が浸透し破壊不可能となった青函《せいかん》トンネルだ。あちらはこちらとは全く違う、より物質科学的、あるいはミクロ的な進化を遂げているのだろう。構造遺伝界そのものに対処する、といったような。

そういう基本思想の違いが、この不器用な機械設計につながっているのかもしれない。

「カタチが人間なら、中が機械でもバレないのか。うちもそういうのを作ってみるべきだったのかな」

「難しいと思うよ」

「確かにな。二足歩行ロボくらいならすぐ出来るだろうけど、お前みたいに人間そっくりの頭脳が作れそうにない。必要もないが」

ハイクンテレケはやはり不機嫌そうな顔をした。表情が乏しくて読みづらいのに、この不機嫌な顔だけははっきりと分かった。

「なあ、ちょっとこの脚のことだが」

と言ってトシルはハイクンテレケの右脚を彼女に見せた。長さは五〇センチほどで、トシルの肘《ひじ》から先よりも少し長い程度だ。見たことのない金属を使っている。北海道の特産品だろうか、と彼は思った。

「人工筋肉を使って、骨に相当する金属アームを曲げる構成になってるな。骨の数も筋肉束の数も、人間とピッタリ同じに作ってある」

「それが何」

「なんでこんなに似せるんだ？」

「さっき言ったでしょ。人間に似せることで自動改札の目を逃れるためだって」

「だが、どうせ素材が別物だろ。こういう構成まで似せる意味があるのか？　そもそも人工筋肉よりも、関節にモーター駆動のアクチュエータを使ったほうが効率的だ。自動改札もそういう構造になってる。お前くらい機敏に動くなら尚更《なおさら》だ。筋肉じゃ収縮にどうしてもタイムラグがあるし、あんな激しく動いてりゃ摩耗するのも当然だ」

と言ってトシルは、右脚部の故障した筋繊維を四本外した。代わりに左脚から二本とって、右脚に移植した。これで全体的な脚力は落ちるが、ひとまず走ることは出来る。

「全体的に言って、まるで人間に似せること自体を目的にしてるみたいだ。お前の設計者は何を考えてるんだ？」

ハイクンテレケは少し黙ってから、

「知らない。機械のことは詳しくないから」

と答えた。トシルは数秒間彼女の顔を見て、それから片手で鼻と口を押さえて「ぐっぐっぐっ」

と変な音を出し始めた。修理作業を中断して、その音が数十秒くらい続いた。

「何が面白いの」

彼が必死で笑いを堪《こら》えている、ということにハイクンテレケはようやく気づいた。

「はーっ、はーっ」

とトシルは息を整えて言った。

「今までの人生で一番面白いジョークだったな、今のは」

「よほど面白くない人生を送ってるのね」

「どうだろう。一回目だし、比較するものがない」

ぜえぜえと荒い息をついて、それからまた思い出したように「ぐっぐっ」と音をたてはじめた。

「ねえ、私はこの任務に就いてから二年経つけど、初めて人を嫌いになりそうな気がする」

「そうか。おれは生まれてから二四年経つが、ヒトの形をしたものに興味を持ったのは初めてだ」

そう言ってトシルは機械の脚を曲げたり伸ばしたりして、筋肉の張力の調整を続けた。新たにつけた繊維が高張力すぎるようなので、足首のネジを回して少し緩めていく。

夜も更けたというのに、まだ蝉の声が外でこだましている。蝉というのはどうしてああ一斉に鳴いたり止んだりするのだろう、とトシルは思う。

◆

「だいたい出来たと思う。動作を確認してみてくれ」

そう言ってトシルは二本の脚をハイクンテレケに渡した。既に夜が白み始めて、徹夜で作業をしていたトシルはだいぶ眠そうにしていた。

「どうやって接続するんだ？」

「それは私が自分でやる」

「見ていてもいいか」

「寝ていた方がいいよ」

「確かにな。さすがに疲れた」

そう言ってトシルはコンテナの奥の、朝日が当たらないところに引っ込んだ。布の袋が一つ置いてあったので、それを枕にして横になった。発電機の駆動音とともに、ガチャガチャといった金属的な音が聞こえてきたが、ひどく疲れていたのですぐに眠りにおちた。

目が覚めると既に日は高かった。長銃が自分の脇に置かれていた。トシルはそれを持って外に出た。電力満タンになったスクーターから乾燥パンをいくつか取り出して遅い朝飯を食べていると、山の斜面の上のほうからハイクンテレケが駆け下りてきた。

両脚をとりつけても彼女の身長は一メートルほどしかない。並んで立つと、小柄なトシルのみぞおちの高さほどだ。

「調子はいいか」

「うん。筋肉の張力がだいぶ変わったから、慣れるまで少しかかったけど」

ハイクンテレケの服を見ると、あちこちに少し土がついている。おそらく何度か斜面で転倒したのだろう。

「お前は食べないのか」

と言って乾燥パンを一個、彼女に差し出した。

「要らない。電力だけで動いてるから」

「不便だろ。発電所なんてそうそうあるものじゃないし。おれのスクーターは太陽光で動けるが、お前の電力消費はそんなレベルじゃない」

「うん。もともとエキナカの任務を想定してるから。あの中ならいくらでも電気が供給できる」

そう聞いてトシルは有機物を消化して発電する機構について少し考えた。冬戦争で化石燃料が枯渇して以来、九州のJRでは有機酸化機構を使った自動車が走っている。どう考えてもこのサイズのボディには収まらないが、こいつが燃料としてそのへんの木の枝をかじっていたらなかなか笑えるな、と思った。

「脚が直ったから、私はこれからエキナカに戻る」

「何しに」

「任務の続きを遂行する。四国地方の偵察も任務のうちだったけれど、長居しすぎた。一ヶ月も本社に報告をしていないし、スイカネットに接続できるところまで行かないと」

「ついて行っていいか?」

「どうして」

「さっきも言ったろ。ヒトの形をしたものに初めて興味を持ったんだよ。それに脚のこともある。アフターケアは技術者の責務だ」

「……勝手にすれば」

初夏の太陽が四国を温めていく中、吉野川の南岸を二人は進んでいた。

ハイクンテレケの歩き方はとても奇妙だった。子供が普通に歩いているようにしか見えないのに、時速三〇キロのスクーターの脇にぴったりついて来ているのだった。

川を下っていけばやがて徳島に至る。そこから少し北上して大鳴門橋を渡り、淡路島を経由してエキナカに戻る予定だ。道路も不明瞭《めいりよう》で現在地の把握も難しい四国だが、このルートなら迷いようがない。

「どうせエキナカに戻るなら、すぐに川を渡って香川からエキナカに入って、瀬戸大橋を渡った方が早いんじゃないか？」

と言うと、彼女は歩きながら小さく首を振った。

「往路はその経路できたから。なるべく行ってないところを通るように指示されている。広い範囲のネットノードを獲得したいから。日本海ルートでここまで来たから、次は太平洋側を行く」

「そういうものか」

ＪＲ福岡の軍用地図によると、このあたりにもかつては徳島線と呼ばれる鉄道が走っていたはずだ。だがトシルがスクーターの上からざっと見たところ、ＪＲ統合知性体の駅《ユニット》らしいものは全く見えない。戦争中か、それよりも後か、もうとっくに失われてしまったのだろう。

「偶然だが、おれの目的地も大鳴門橋の近くにあるんだ。そこまで一緒に行こう」

「あなたの目的って何？」

「観光」

ハイクンテレケはそれ以上のことは聞かなかった。その代わりに、

「それは九州から持ってきたの？」

とスクーターを指して言った。

「いや、貰《もら》ったんだ。四国に渡ってきてわりとすぐだったな。ラッキーだった」

「誰に？」

「松山よりも少し南の方だったかな。ちょっとした山の中で視界の悪いところで、メットを被った人が一人でこれに乗ってた。そしたら急にロープが出てきて、スクーターが引っかかって倒れたところに、鉄パイプとか角材を持った男たちが六人くらい現れて、運転手を殴ってスクーターを貰おうとしたんだ」

「それで」

「自分がたまたまそこから少し高いところに居たので、ちょうど一部始終が見えた。で、その六人を全員撃って、動かなくなったところでスクーターを貰った」

「そのスクーターに最初に乗ってた人は？」

「さあな。かなり殴られてたけど、死んではいないと思う。顔は見てないが、髪が長かったからたぶん女だな」

「……そう」

ハイクンテレケは何か言いたそうな顔をしたが、何も言わなかった。そのまま黙って何分か走り続けた。

蒸し暑い日だったが、スクーターで走っていると丁度よい程度に風が吹いてきて、暑さはそれほ

ど気にならない。

「どうして九州から逃げてきたの?」

ハイクンテレケはこちらを見ずに言う。

「兵器開発の仕事が嫌になったんだ」

とトシルは答える。

「横浜駅の攻撃が年々進化してるから、それに合わせて新兵器の開発が求められてる。で、新しく企画されたのが、簡単に言えば、エネルギー消費を一〇倍にして、威力を二倍にするようなやつ」

「それで逃げてきたの」

「それだけならいいんだが、設計段階で色々と数字を盛るように言われて、せいぜい二倍のところを三倍出るってことになった。九州住民に発表する広報誌では、四倍ってことになってた」

「だから四国に来たの?」

「そうだよ。無政府状態だと聞いたから。物事が合理的に運んでるだろうと思って行ってみることにしたんだ」

「合理的」

「自然法則に従ってる、と言えばいいかな。余計なことを考えなくていい」

川沿いの道は小さなうねりが続いていた。トシルはスクーターを小刻みに動かしながら、なるべく振動の少ないコースを選びとった。ハイクンテレケはその動きにぴったりとくっついて来た。人間よりもだいぶ有能な反射神経だ。

「怪我する前はもっと速く走れたのか?」

「仕様上は巡航五〇キロまで出るよ。エキナカの任務でそんなに走る機会はないけどね。私は外の任務も想定されていたから。仲間たちは二〇キロくらい」

「仲間がいるのか」

「うん。エキナカのあちこちにいる。それぞれ担当地域があるの。でもボディの性能は私よりも低いから、その銃の最高出力で撃たれたら、たぶん耐えられない」

「それは良かった。北のJRでお前みたいなのが量産されてたら、うちとしても立つ瀬がない。兵器開発だけが取り柄だからな」

「その銃もJR福岡で作ってるの？」

そう言うとハイクンテレケは、スクーターに横向きに乗せられた電気ポンプ銃を見た。

「ああ。最新式のN700系だ。おれが入社してすぐに開発されたので、少しだけ生産に関わった」

「四国に来てから何人くらい撃った？」

トシルは数秒考えてから、

「理由もなく人を撃ったことは一度もない」

と答えた。

◆

「さっき話した村だな」

川に沿って走っていた二人は、必然的に、トシルが昨日通った水力発電のある村にたどり着いた。

川べりの少し高くなった場所に、どこからか集めてきたガードレールを何重にも重ねて簡易の防壁にしているのが見える。川の中には水力発電の装置が埋め込まれている。

ハイクンテレケの時計によると時刻は午後五時。照りつける西日がトシルの背中を容赦なく焼いていた。

「お前のいた給電所のことを教えてもらった」

「ふーん。あそこで私は幽霊ってことになっていたわけ」

ハイクンテレケは特に表情を変えなかった。

村の様子がおかしいと気づいたのは、そこからもう少し近づいたところだった。

「妙な連中がいるな」

川沿いの村から少し離れたところに小さな丘があったが、その斜面に不自然にモコモコと動く塊があるのが見えた。少し近づいてみると、どうやらそれは大勢の人間のようだった。

「襲撃者がきてる。ちょっと静かに」

ハイクンテレケは小声で言った。人間の小声のような息混じりの囁《ささや》き声ではなく、普通の声のまま音量だけ小さくする喋《しゃべ》り方だった。

斜面には数十人もの男たちが陣取っているのが見える。そのうち何人かは長い棒を持っている。おそらく長銃だ。

「籠城《ろうじょう》戦になってるようだな。あそこで一人死んでる。たぶん村人だ」

トシルは村の出入り口になっている門のところを指した。そこだけガードレールの柵《さく》がなく、道が開けている。村を出てすぐのところに人が一人倒れて、舗装のない地面が血で黒ずんでいる。遠すぎて年格好はよく分からないが、服装から判断するにどうやら襲撃者側の人間ではなさそうだった。

「ちゃんとした発電施設とかがあるから、それを狙った連中が現れたのね」

ハイクンテレケが水力発電装置のほうを見て言った。

「どうもおれの通った場所は襲撃される傾向があるようだ」

トシルは海辺で店をやっていた男のことを思い出した。

「そのスクーターのせいだと思う」

「だろうな」

舗装のない土の上には、太いタイヤの轍《わだち》がしっかりと残っている。

「そもそもこの辺は、四国の中でもとくに治安悪いよ。横浜駅がすぐそこまで迫ってるから、住居を追われて逃げてる人と、駅から排出される物資を求めて集まってくる人が、ちょうど衝突する形になってる」

「高知とか、南側はもっと平和なのか？　おれは西側から来たんだが」

「私も少し見ただけだけど、そもそも人があまりいなかった」

「なるほどね」

このまま予定通りに川沿いの道を進むと、村人と襲撃者たちが睨《にら》み合っているまさにその間を通過することになる。いくらこちらがスクーター（および、それ以上に速い機械少女）でも、双方が銃を持っている間を通り抜けるのは厳しい。

「ちょっと遠いが、三〇人くらいはいるのか？　よくあんなに集まったな。なかなか強力なリーダーがいるに違いない」

「全部で三二人。そのうち長銃を持ってるのが十二人」

ハイクンテレケは斜面のほうを凝視して言った。

「たいした視力だな。銃の型は分かるか？」

「私のデータベースには無い。こういう形」

ハイクンテレケは左手に端末を取り出して、その画面に襲撃者たちの持つ銃の姿を写しだした。彼女が見たものがそのまま画面に写っているらしかった。

「DF50系だな。結構古い電気ポンプ銃だ。自動補正も無いから、弾の形が悪いと軌道が大きくブレる。有効射程はせいぜい三〇メートルだ」

トシルは答えながら、機械人間はこういう時に便利だな、と思った。

「村人も同じのを何本か持ってるはずだから、攻撃の決定打にはならないな」

「襲撃者のうち、銃を持ってるのが十二人。他に問題になりそうな武器はなし。ここで私が飛び出して、無傷で全員倒せる確率は八七％」

「十三％は、ボランティアとしては割にあわないんじゃないか」

トシルがそう言うと、ハイクンテレケは数秒ほど黙ってから答えた。

「うん。本社も不必要なリスクを冒すのは禁じてる」

「ああ。また筋繊維を減らすのも嫌だろう」

ハイクンテレケはまた数秒黙った。機械なのに考えたり喋ったりするテンポが人間とこうも似ているのは何でなんだろう、とトシルは思った。対人コミュニケーションを考えて、合わせているだけなのかもしれない。そういうのは嫌だな。

「あなたのその長銃なら、この場所からリスクなしで全員撃てる？」

「前にも言ったろう。おれは理由もなく人を撃ったことはない。ここで村のほうを応援する理由がない。スクーターの充電も断られたしな」

「そうなるよね。あの村の発電施設、どう見てもひとつの村を回せる電力に足りてない」

「しいて理由をあげると、斜面に陣取ってるあいつらを片付ければ、弾がごっそり手に入ることかな。まあ、そんな貴重なもんでもない」

そもそも電気ポンプ銃は、金属なら何でも弾になるため、冬戦争の長期化でまともな補給が受けられない前線の兵士のために開発されたものだ。だからこそ戦後の荒廃時代から横浜駅増殖時代の今に至るまで、武器の代名詞という位置づけになっている。

ハイクンテレケが少し視線を村のほうにやると、左手に握られた画面の映像も村のほうに移った。門の前で死んでいる若い男の顔が見えた。

こいつは昨日おれが電力供給を頼んだときに断ったやつだったかな、とトシルは考えたが、もう相手の顔をよく思い出せなかった。

「仕方ないからここは回避ね。丘の反対側を迂回《うかい》する」

「そうだな」

そう言うとトシルは、狭い道でスクーターを器用に取り回しして、村に背を向けて走りだした。少し離れたところから丘の反対側を回っていった。背後でぽん、ぽんと、電気ポンプ銃の発砲音が何発か響いて、それから「ぎゃっ」「ぐっ」という人の叫び声が聞こえた。どちらの陣営のものかは、トシルには分からなかった。

◆

しばらく走るとやがて夜が来た。梅雨明けとはいえまだ夜は寒く、スクーターで走っていると冷たい風が体にからみつく。

二人は村からだいぶ川下のほうに離れたところに停まった。周囲に人の気配はない。げこげこげこげこ、とカエルが際限なく音をたてている。

「こっちの充電はまだ十分あるが、お前の方は大丈夫か？　ずいぶん走ったけど」

トシルはスクーターのサイドスタンドを立てながら言った。いざとなればここからハイクンテレケに電力を供給することもできる。わずかなものだが。

「大丈夫。でもあと二、三日続くと厳しいかもしれない。途中で給電所に寄れる？」

ハイクンテレケは地面に体育座りしたまま言った。

「おれは勝手についてきてるだけだから、そのへんはお前の都合に任せる」

と言ってトシルは端末にJR福岡の軍用地図を表示した。現時点で見つかっている四国の給電所の位置が書かれている。

現在地が正確に分からないが、最寄りの給電所まではおそらく一〇キロ程度だ。スクーターで夜道を行くのは少し厳しい。

「お前の目は夜でも見えるんだろ？　おれは一人で大丈夫だから、ここまで行って充電してこい」

「ありがとう。でも今は少し眠る」

「ロボットも眠るのか」

「ええ。補助記憶装置の内容を反芻《はんすう》させて、主記憶装置に定着させる必要があるの。普段からやってることだけど、ときどき外部センサーを止めて反芻に集中するの。二時間くらいで済むから」

「本当に人間みたいな機構になってるんだな。不便じゃないか?」

「最低限のセンサーは起動してるから、誰かが近づいてきたら反応できる」

そう言うとハイクンテレケは、地面に座ったままの姿勢で目を閉じた。げこげこげこげこ、というカエルの声に交じって、かりかりかりかりかり、と金属の歯車が回るような音がかすかに聞こえてきた。なかなか風情がある、とトシルは思った。


月明かりの中で、短銃の「ミズホ」に金属片を装填《そうてん》し、すぐに撃てる状態にしてから、長銃の「サクラ」を分解し、内部の点検をする。

JR福岡で生産されている銃の多くは、訓練以外ではほとんど使用されないまま新型に交代して退役になる。その程度には九州の統治は機能しており、武器の出る幕は少ない。そういう意味でトシルが持ってきたこの銃は、他のN700系に比べてはるかに過酷な使用に耐えていることになる。

彼はそういう銃に対する労いの意味もこめて、暇さえあれば手入れをしていた。長銃の組み立てを終えると、次は短銃で同じ作業をした。

二時間くらいで済む、と言っていたハイクンテレケがゆっくりと瞼《まぶた》を開けたのは三時間と少し後のことだった。月が高く昇って、周囲はぼんやりと明るくなっていた。カエルの合唱はいつのまにか止んでいた。

「よう。機械のくせに機械的じゃないんだな」

とトシルは言った。

「反芻することが多かったから」

とハイクンテレケは答えた。起きがけの彼女は普段にもまして、口の動きと音声がずれているようだった。

「給電所に立てこもってる間はほとんど何も見なかったけど、今日一日は色々なものを見た。そういう時は時間がかかる」

「お前のその補助記憶装置というのは、見たものや聞いたものを全部保存しておけるのか？」

「うん。でも多すぎて必要な知識を呼び出すのに時間がかかるから、反芻して要約してる。そうでないと瞬間的な行動選択や、リスク評価ができない」

「つまり、リスク評価を見誤ったのか？　その脚の怪我は」

ハイクンテレケは体育座りをしたまま黙って頷《うなず》いた。

「そういう時もあるよ」

決まり悪そうに言った。おそらく、失敗を責められたくない誰かがいるのだろう。

「任務遂行上のリスクが無いと判断して、人を助けたりはする。あなたは笑うだろうけど」

「別に笑わないが」

トシルはスクーターからマットを取り出して地面に敷いた。

「不思議には思う。どういう設計思想になってるんだ、ってな」

「そんなに不思議に思う？」

ハイクンテレケは明らかに不機嫌そうな顔をして言った。

「ああ。不合理な設計だ。まるで他の目的で作ったものを使いまわしてるように見える。予算の都合かなんかで」

「あまりそういう話はしたくない」

「そうか」

とトシルは言った。

◆

「現実問題として、うちの海峡防衛はうまくいってる。敵の戦術はどんどん進化してるが、こっちだってそれに適応できている」

トシルはマットに寝転がりながら言った。もう日付の変わるような時刻だったが、天頂に近い月が眩《まぶ》しいのと、今朝が遅かったせいでうまく眠れなかった。この機械少女のように必要に応じてスッと眠れたら便利だろうな、と思う。

「下関のところの架橋は速攻で落として、そのあとトンネル部分を陸地ごと削り取っちまったらしい。どうやったのかは知らんが、八〇年も前だからな。重力兵器が残っていたのかもしれん」

「そうなんだ」とハイクンテレケは静かに言った。

「北海道は海峡が広いから、通路は渡ってこれない。でもトンネルを潰《つぶ》すのが遅れたから、もう内部まで構造遺伝界に感染している。あのときの判断が早ければ、いまの防衛戦は必要なかったかもしれない」

そうなっていたら自分も生まれてこなかったのだろう、とハイクンテレケは思う。

「見ていたものの違いだろうな。こっちは瀬戸大橋の例を見ていたから、駅増殖の性質が結構分かっていたんだ」

「冷静な判断ね」

とハイクンテレケはつぶやいた。ただ現段階では北海道側の方が構造遺伝界の性質に対する理解は進んでいるだろう、とも思う。

「だから関門海峡は、射出されてくる連絡通路さえ防げばいい。これは一定の兵力を送り込めば間に合う。まあ相手の戦術も少々の進歩はしているようだが、しょせんは知能のない駅構造だ。限度ってものがある。最後に勝つのは、まあ人間だろうな」

トシルは他人事《ひとごと》のように言うと、ハイクンテレケは
「最後、って何？」

と聞いた。そういえば具体的に考えたことが無かったな、とトシルは思った。何かしらの形で終わりというものがあるのだろう、と彼はごく自然に考えていた。あれほど高度に発達していた文明が、冬戦争を経て崩壊したように。

「まあ、それよりも、本社にしてみれば、戦う相手がいるってことが重要だ。ほんの数キロ隔てた海峡の向こうに横浜駅が鎮座していて、そいつらが海をわたってきたらほとんどの住民は住処を失う。そういう恐怖心があるからこそ、本社の集権的な統治が可能になってるわけだ」

ハイクンテレケは体育座りのまま黙っていた。そんな姿勢でぴくりとも動かずにいられるあたり、やはり人間とはどこか根本的に構造が違っているのだろう。

「防御はできるが、絶対に倒せない敵。統治者にとってこんな都合のいいものはない。お前のところのボスも、同じような事を思ってるんじゃないか？」

「知らない。私は任務を実行するだけだから」

「いいね」

とトシルは言う。

「あなたは九州で、駅防衛のために戦っていた訳じゃないの？」

「職務上はそういう事になってるな。別におれ個人としてはそんなに興味は無かったが」

「自分の故郷が横浜駅に侵食される事にも？」

「……それはちょっと違うな。おれの故郷が横浜駅化する事は、たぶん将来的にも無い」

と言って別に故郷に執着がある訳でもないがな、とトシルは思った。

「どうして？」

「故郷は九州本島じゃないんだ。種子島って離島だ。知ってるか」

そう言うと、ハイクンテレケは数秒考えて、少し遠くを見るような目で、

「種子島。たねがしま。鹿児島の大隅《おおすみ》半島から約四〇キロ離れた離島。面積は四四五平方キロメートル。ＪＲ福岡の統治下にあり、軍人政権時代に日本で初めて鉄砲が伝来した地として知られる。低緯度で自然重力が比較的小さいため、かつて日本最大の宇宙センターが存在し、高度文明時代には数多くの人工衛星や有人宇宙船を打ち上げていた。戦時中は連合側のアジア拠点として多くの衛

星兵器を打ち上げたが、同時に主要な攻撃対象ともなった」

と、書かれた文章を読み上げるように喋《しゃべ》った。

「ああ。そんな感じだ。今じゃ何もない島だよ。横浜駅に侵食された方が活気が出るんじゃないかな。もしかしたら、構造遺伝界が宇宙施設を再現複製してくれるかもしれない」

そう言うと、ハイクンテレケが明らかに不機嫌そうな顔をしているのが分かった。

「こういう考え方が嫌いな訳か？」

「うん。私はもともと領土を護る目的で作られたわけだから、そういう考え方には反発する」

「設計上仕方ないな。おれだってスクーターに空を飛べとは言わない」

「防衛に興味がないなら、どうしてＪＲに行ったの？」

「ああ、それはだな」

そう言ってトシルは星空をしばらく見たあと、マットの上でごろんと寝返りを打った。ハイクンテレケに背を向けて、

「宇宙に行きたかったんだ」

とつぶやいた。

「で、とりあえず技術を学ぼうと思って、ＪＲ福岡の技術部門に行った。でも兵器の作り方と使い方しか学べなかった。そもそも宇宙に行くには大量の化石燃料が必要で、もう地球のどこにもそんな燃料の余裕がない、ということが分かって辞めた」

「宇宙に行くと何があるの」

「知らん。だが人間がいない」

そう言ってトシルは黙った。ハイクンテレケも黙った。カエルの声も蝉の声ももう止んでいて、吉野川の流れる音だけがあたりに響いていた。

◆

二人が四国東岸の鳴門海峡に到達したのは、翌日の昼過ぎのことだった。

「駅構造が見える。予想通り、もう淡路島を渡って徳島まで侵食してきてる」

とハイクンテレケが海のほうを指差した。海岸は立体的で複雑な形をしているが、その谷間のところどころに、白いモワモワしたものが流れでている。フライパンで裏返す直前のホットケーキのように、小さな孔がそこら中に開いている。

「あれも駅構造なのか？」

とトシルは言った。彼がＪＲ時代に見ていた関門海峡対岸の横浜駅は、既に海峡に到達して五〇年が経過しており、すっかり建築物としての構造を完成させていたからだ。

「駅増殖の先端部分ね。瀬戸大橋の方とはつながっていないから、淡路島を通って独自に渡ってきたみたい。外表面がまだ形成されていないけど、たぶん内部はもう空洞ができてエキナカになってる。あと数ヶ月もすれば、窓とか柱が生成される」

「気持ち悪いな」

トシルはそう言うと、駅構造から少し目を伏せた。

「見てると頭が痛くなってくる。なんか変な電磁波でも出てるのか？」

「スイカネットの電波なら少しだけ届いてるけど」

ハイクンテレケは言った。

「それじゃ、私はあそこからエキナカに戻るから」

「おう。この数日は色々面白かった。もう一生人と喋らなくていいくらい喋った気がする」

ハイクンテレケは黙ってトシルの顔を見て、それから駅の方に歩いて行った。ゆっくり歩いているようなのに、すぐに姿が見えなくなった。

さてと、とトシルは思った。

大隈さんから聞いていた目的地はこのあたりにあるはずだ。駅構造が延びてきたせいで正確な場所が分からないが、まだ埋もれていないことを祈るしかない。

入社して間もないころ、彼はスイートポテトを食べながらこんな事を言っていた。

「戦前に作られたものだ。人間にあんなものが作れるって事がまず驚きだ。高度文明時代ってのは本当に凄《すご》かったんだな。四国に行く機会があれば、一度見てみるといいぞ」

宇宙に行けなくても、その代わりくらいにはなるかもしれない。スクーターの電力がまだ十分にあることを確認し、走りだした。

◆

ハイクンテレケの眼前には、コンクリートでできた小さな丘があった。冷えて固まった溶岩のように、液体を思わせる流線形をしている。この土地にたどりついて間もない横浜駅の先端部分が、まだ自分がどういう姿を形成すべきか決めかねているような様態だ。

駅表層は地形に合わせて複雑にうねっている。まずは目立たない場所を探した。構造遺伝界キャンセラーを使う様子は、なるべく四国の住民に見られたくない。

「そこに誰かいるの」

ハイクンテレケが言った。作りかけの駅構造の窪《くぼ》みに隠れていたのは、二人の小さな子供と、その母親のようだった。三人共ぼろぼろの服を着ている。子供は男の子と女の子が一人ずつだ。

母親は一瞬怯《おび》えるような顔をしたが、現れたのが子供だと分かって、少し安堵《あんど》したような顔になった。

「ここで待ってるんです」

「何を?」

「出口ができるのを」

ハイクンテレケが壁を見ると、たしかにそこは横浜駅出口の前駆体構造が形成されていた。恐らくもう一ヶ月ほどで、ここに穴があいて出入り口ができ、自動改札が配備され、「横浜駅XX番出口」と書かれた看板が現れるのだろう。番号はおそらく六桁《けた》だ。

「うちの子はまだ五歳と三歳だから、エキナカに入れるんです。六歳になる前にどこかで Suika を入手できれば、安全に暮らせるんです」

と母親は言った。

こういう人は香川にもいた、とハイクンテレケは思い出した。六歳未満の子供は自動改札に捕まらずに自由に出入りができる。だから、子供を使ってエキナカの物資を取ってこさせる親も多くいた。駅の物資に頼って生きる者たちにとって、小さい子供は貴重な資源だ。

「やめたほうが良いよ」

ハイクンテレケは無表情で言った。

「外から来た子供が Suika を入手する方法なんて無い。六歳になったら、その瞬間に自動改札が来て、すぐ近くの駅孔に追い出される。駅孔ってたいてい何もないから、すぐ死ぬ」

そう言うと母親は少し悲しそうな顔をしたが、

「それでもいいんです。このままここで暮らしてるよりずっと」

と言った。おそらくこの親子は何かひどい目にあって、子供をつれてここまで逃げてきたのだろう、とハイクンテレケは思う。

二人の子供が自分のほうを見ている。おそらくこの子たちには、目の前にいる相手が自分たちと同じくらいの歳の子供に見えているのだろう。

「……もし本当にそう思うなら、明日《あした》、もう少し北のほうに行ってみるといいよ。出口ができてるかもしれない」

ハイクンテレケはそう言って、駅構造の窪みから出ていった。男の子がその後を追いかけようとしたが、彼女の姿は既にどこにもなかった。

親子のいた窪みから少し北に、ようやく誰もいない場所を見つけると、ハイクンテレケは構造遺伝界キャンセラーを振るって、駅構造に人がようやく通れる小さな穴を掘り、エキナカに入り込んだ。

作りかけの駅構造の内部を見るのは初めてのことだった。あちこちに蜘蛛《くも》の糸のような線が引いてあるが、それらは金属のワイヤーだ。足元はぺとぺと粘っている。固まりきっていないセメントのようだった。こういう場所の映像や化学分析は、本社に送れば貴重なデータになるはずだ。

周囲に自動改札の姿はない。まだ構造形成が不完全なうちは、巡回対象に入らないのだろう。

あまりここで長居してはまずい。ハイクンテレケはぺとぺとと足音をたてながら、エキナカの奥まで進む。どこかで大鳴門橋を通過し、淡路島に入るはずだ。

一時間ほど進むと、もう駅構造が十分固まっている場所に辿《たど》り着《つ》いた。自動改札の姿もちらほら見えてくるが、人間は見当たらない。理想的な環境だ。

通信端末を起動する。スイカネットの電波は良好。これなら相当な量のデータが送れそうだ。

〉Suikanet Status：通信を確立しています…
〉専有可能な経路を検索しています…
〉淡路↓神戸↓福知山↓舞鶴↓敦賀↓福井↓金沢↓富山↓糸魚川↓直江津↓長岡↓会津若松↓郡山↓仙台↓盛岡↓弘前↓経路設定完了
〉暗号化キーを交換しています
〉安全な接続が確立されました

リアルタイム通信に必要な経路が確立される。それはハイクンテレケの旅路とほぼ一致している。北海道にあるＪＲ北日本がここまでのノードを獲得できたのは、彼女の働きによるところが極めて大きかった。

〉直接通話を開始します

「はい。こちらJR北日本技術部二課、帰山です」

「ハイクンテレケです。長いこと連絡ができなくて申し訳ありません。たったいま鳴門海峡に到着しました。現在の位置情報を送ります」

おお、という帰山の安堵の声がネットの向こうから聞こえる。通信は相当にクリアーだ。遅延も少ない。

「何かトラブルは起きてないか？」

「やはり四国は全体的に治安が悪化していましたね。少々のトラブルはありましたが、大きな問題はありません。引き続きエキナカでの任務を続行します」

「君が無事というのは良いニュースだが、その位置からスイカネットにつながるってのは悪いニュースだな」

「ええ。淡路島は在来の鉄道がなかったので構造遺伝界の侵入が遅かったのですが、既に鳴門海峡を越えて四国本島まで横浜駅が到達しているようですね。いま確保できる帯域の範囲で、補助記憶のデータを送ります」

〉データ送信中…

「ＯＫ。きちんと受信してる」

通信速度を示すバーは、ハイクンテレケの四国上陸以来もっとも高い値を示している。明日の朝までにはかなりの量が送れそうだ。

「ついでに連絡事項だが、関東地域で活動していたネップシャマイの通信が途絶えている。本部では何らかのトラブルに遭った可能性があると見ている」

「私同様にスイカネット圏外に出ていた、という事は？　あいつは元々勝手に動き回るタイプですし」

「最後の通信は鎌倉の内陸部だ。あの位置から圏外まで一瞬で移動することはありえん」

「通信モジュールの充電を忘れている、ということも考えられます」

帰山が鼻で笑っているのが聞こえる。

「君はシャマイに厳しいな」

「あいつは社交性は高いんですが、ところどころネジが抜けてるんですよ。オリジンに似たんでしょう」

「最後の通信によると、興味深い人間を見つけたので行動を共にしている、ということだ。どう興味深いのかが分からないが、そいつが何か関与している可能性が高いな。いずれにせよ、四国だけじゃなく横浜駅の住民にも敵対勢力がありうることは認識しておいてくれ。危険な場所には踏み込まず、そちらの判断で帰還していい」

「今のうちに補助記憶のデータを全部そちらに送りますか？　いつ私が死んでも問題ないように。今の通信速度なら二週間もあれば送れそうですよ」

「だめだ。君は無事に帰ってくれ」

「それもそうですね。工作員が減るのは本社にも損害ですし」

「あのなあ。工作員の頭数が欲しけりゃ、金をかけてアンドロイドを製造しなくても、対岸に渡って Suika を持ってる子供でも捕まえてくりゃいいんだ。駅の住民に攻撃される心配もないしな」

「つまり私のボディが特別仕様で貴重な資産だからちゃんと帰れ、ということですね」

「だからそういう言い方はやめてくれ、テレケ。確かに君のボディは、横浜駅外での長期任務を見越して耐久性の高い仕様になっている。だが俺の言いたいのはそういうことじゃない。君が戻ってこないと、ユキエさんが悲しむし、俺も悲しい」

「ボディが重要でないのであれば、主記憶装置のデータごとそっちに送りましょうか。私がそっちに戻ったのと同じことになりますよ」

　それが技術的に不可能であることは自分も知っていた。

「君は行動力が高いが、少々社会性に問題があるな。シャマイとは逆だ」

「私もオリジンに似たんですよ。では、そろそろ反芻《はんすう》時間をとりたいので、おやすみなさい。同期すべきデータがあったら送っておいてください」

〉直接通話を終了します。

〉データ送信中です。ネットワークを遮断しないように気をつけてください。推定残り時間8時間11分ハイクンテレケは通話を終えると、自動改札が座っている脇に小さく座って目を閉じる。主要なセンサーを遮断して補助記憶の書き込みを停止し、反芻をはじめる。まず先ほどの本社との通信データが主記憶装置を回り始める。

「あのなあ。工作員の頭数が欲しけりゃ、金をかけてアンドロイドを製造しなくても、対岸に渡って Suika を持ってる子供でも捕まえてくりゃいいんだ。駅の住民に攻撃される心配もないしな」

帰山の声がこだまする。津軽海峡を渡って子供を誘拐して工作員に育て上げるというのは、比喩でもなんでもなく、一〇年ほど前までに実際に行われていたことだ。ＪＲ北日本の上層部なら誰でも知っている。

効率の悪さのわりに成果はほとんど上がらず、そうこうしているうちに道内の耳聡《ざと》いジャーナリストがその事実を公表し、対横浜駅防衛戦がはじまって以来のスキャンダルとなった。結局は技術部門の暴走という形で処理され、技術部門の最高責任者および幹部数名が罷免された。その後釜として現れたのがユキエさんだった。

ＪＲに来る前の経歴は不明だが、彼女の登場により技術部は飛躍的な発展を見せた。こうして誕生したのが、ハイクンテレケら Corpocker 型のアンドロイドであり、構造遺伝界キャンセラーをはじめとする新型兵器であった。

反芻速度が増すにつれ、定着処理の負荷が増し、意識はゆっくりと薄れる。やがてハイクンテレケは眠りの状態に入る。

5.増築主の掟 CODE OF THE REBUILDER

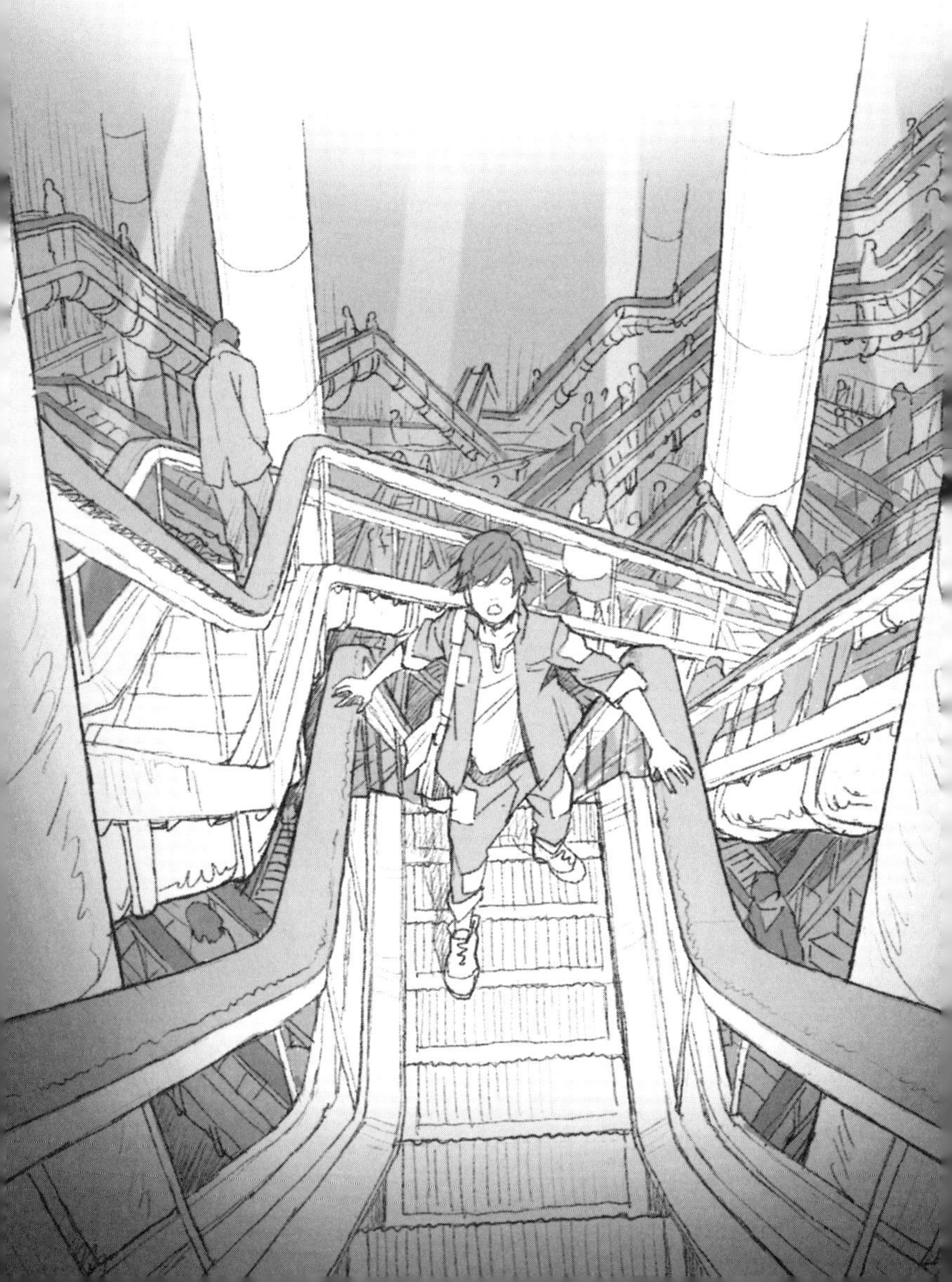

ヒロトの視界は黒と灰色に二分されていた。床一面を覆い尽くすエスカレータと、その天井をなすコンクリートだ。茫漠《ぼうばく》たる黒い段々が、あるものは上に、あるものは下に流れ続けるその様は、巨大生物の生命活動を思わせる。

赤石山脈は、甲府階層都市を西に抜けたところに立ちはだかる、日本アルプスをなす三つの山脈のひとつだ。複雑に折り重なった山の斜面はほぼ全面的にエスカレータに覆われ、あちこちに巨大な壁や柱が立ちはだかり、巨大な天井がそれらに支えられている。

天井のところどころにある天窓からは日光が取り込まれている。甲府のような都市とは違い、ここには層状構造がほとんど存在しない。これではケイハの垂直座標偽装を使っても、自動改札の目を逃れることは出来ないだろう。

平地と違ってエスカレータのある斜面なら、座っているだけで楽に上まで昇れるだろう、というヒロトの目論見はあえなく外れた。一直線で山の稜線《りょうせん》まで登れるレーンなどは無く、ところどころで乗り換えが必要だった。

エスカレータで昇り切った先には下りのエスカレータが現れて立ち往生、というトラップもあちこちにあり、そういう場合は下りの経路を逆走するか、手すりを乗り越えて隣のレーンに入るしかない。ベルトの動いているエスカレータを横に越えるというのは容易なことではない。

「エスカレータをご利用のお客様は、ベルトにおつかまりになり、黄色い線の内側にお乗り下さい」

「エスカレータ付近で遊んだり、またエスカレータから身体を乗り出したり、駆け上がったりするのは大変危険ですので絶対にやめましょう」

同じ内容のアナウンスがあちこちから少しずつ違うタイミングで流れ出すので、音はほとんど認識不可能な言葉の靄《もや》となって構内をこだましていた。

ケイハから譲り受けた端末で時刻と現在位置を確認する。まもなく午後になろうというのに、稜線までの距離はまだ半分ほどある。当初の計画よりもだいぶ遅れている。その上、昼が近づくにつれて気温が上がってきたように思う。おそらく壁一枚隔てて外につながっているせいで、太陽熱が直接流れ込んでくるのだろう。


ヒロトがネップシャマイの電光板を持って甲府を出たのは、朝の八時すぎのことだった。

「ひととおり構造をスキャンして、当該のものをスイカネット上で検索してみたけれど」

ヒロトの起きがけにケイハは言った。

「何も見つからなかった。少なくともこれは、いま横浜駅で使われているどんなコンピュータにも全く似ていないってことね」

「それだけJR北日本の技術が進んでるってことか」

「普通に考えればそうなるんだけど」

そう言って彼女は、どこか遠くを見るような目でスキャナから小さな立方体を取り出し、電光板にはめ込んだ。何かまったく別の可能性を考えているようだった。

「一番、現実的な手段は、その子がもともと収まっていたボディを取り戻すことね。ブート用のシークエンスがそちらに入っている可能性があるから」

あの鎌倉の駅員達は、回収したネップシャマイのボディをどうするつもりなのだろう、とヒロトは考えた。

眠ったままの電光板をここに置いていってほしい、という彼女の頼みをヒロトは断った。

「一応、こいつとは約束があるんだ。期限がきれた18きっぷを渡すってな」

もちろん現状ではその約束も果たせそうにないが、広い横浜駅内を歩きまわっていれば何か解決策が見つかるのではないか、とも考えていた。ケイハは残念そうにしていたが、

「この端末を持って行って。Suika 認証情報が内蔵されているから、あなたでもスイカネットに接続して一部サービスを利用できるわ」

と言って小さな箱型端末を渡した。18きっぷと同じくらいの大きさだった。

「もう死んじゃった仲間のアカウントだけ残してるの。ふつうは Suika 利用者が死んだら、その情報がスイカネットに送信されてアカウントが停止されるんだけれど、その人の分は色々やって送信を止めたの。私のアドレスもそこに書いてあるから、何かあったら連絡して」

「いいのか？　大事なもののように見えるんだが」

「ええ。あなたのような人にこそ必要なものだし、それに私にとってもその方がいいと思う。変な言い方だけど」

そうして手渡された端末を持って、彼は甲府を後にした。

一日話して理解した事が二つあった。まずケイハが「42番出口」という言葉を使うことも、そし

てそれをキーボードで入力することさえも避けているという事。そして、それと同時に、彼女はヒロトがその場所にたどり着くことを強く望んでいるという事だった。

ヒロトの目的は山脈の横断であるため、山頂と山頂を結ぶ稜線のうち比較的低い場所を越えて反対側へ向かう。いわゆる駅の峠だ。

横浜駅の山岳地帯は、平地ほど決まった道がない。通行人はそれぞれ違うエスカレータの流線に従って移動するため、他の通行人と出会うことは少ない。だが駅の峠ではこれらの流線がいったん集合するため多くの人が行き交い、ちょっとした休憩所になっている。わずかにある平らな場所には待合室が生成され、そこに商品を並べて商売を始める者もいた。Suika を持たないヒロトは買い物はできないが、飲料水だけは無料だったのでボトルに補充した。

峠に来る人はヒロトのような横断者がほとんどだが、登山者も何人かいた。ここから稜線沿いにエスカレータを登って山頂まで行くらしい。

「山頂？　山頂に何かあるのか」

とヒロトが聞いた。自分が目的としている42番出口も、山頂と呼ぶべき場所にあったからだ。すると三〇歳ほどの登山者の男は、

「青天井を見に行くのだ」

と答えた。

この近くにある山頂は、横浜駅の外にあるという。直径数キロほどの空間には自然の地面が露出し、上には屋根がないので、天気がよければ視界一面に青い空が見られるのだ。いわば巨大な駅孔

だ。

「若いころは富士山に登ったけどね、あそこはてっぺんまでエキナカだからつまらんよ。窓があるから外は見られるけどね。やはり登山の醍醐味《だいごみ》は外の空気に触れて、青天井を見ながらビールを飲むことだよ。あんたは青天井を見たことがあるか？」

「ああ。わりと頻繁に見てる」

とヒロトは答えた。登山者の男はふーんという顔をして
「富士山は斜面が単純だから、一直線で登れるエスカレータが多すぎてつまらんね。それに数年前に横浜駅観光局とかいう連中が勝手にあの山をなんとか聖地に指定したせいで、観光客が増えて登山マナーが問題になってるらしいよ。おれが登った頃はまだ四〇〇〇メートルなかったかな。そのころはまだ登山をする人は少なくて、山は静かで良かったものだよ」

と語った。ヒロトは黙って持ってきた携行食を食べていた。

「あんたはどっから来たんだ」

と登山者が聞くので、

「甲府からだ。ここは通過して、木曽《きそ》山脈を越えて、御嶽《おんたけ》山の方まで行く」

と答えた。そこが地図の示す「42番出口」の場所だった。

「ふーん。ずいぶん遠くまで行くねえ。いつ出発したんだ」

「今朝」

「今朝！　半日でここまで来たのかい。すごい体力だねえ。なんかスポーツやってんの？」

「海水浴なら少し」

九十九段下で暇な時（大体いつも暇だ）、ヒロトはよく沖合のほうまで一人で泳いでいた。彼自身はそれをスポーツと認識したことはなかった。生活上の必要性と、単純に身体を動かしたかったからだ。

「カイスイヨク？　甲府にはそういうのがあんのか」

と登山者の男は首をかしげた。

ひとしきり休憩すると、峠から伊那谷《いな》に向かって降り始めた。下りのエスカレータはかなり楽に歩けるので、調子に乗ってスピードを上げ、途中で足を踏み外して転倒し、勢いでカバンが隣のレーンに放り投げられてしまった。そのレーンが上りだったものだから、回収するのにひどく時間と体力を無駄遣いしてしまった。

コンクリート天井の窓から漏れてくる日光も減り、伊那谷に近づくころには、だんだんエスカレータの流れ方にある種のパターンがあることが掴《つか》めてきた。

やがて、エスカレータ高原の窓から差し込む夕日がコンクリート壁の向こうに沈んだ。エキナカで迎える三度目の夜だ。18きっぷの画面を見ると、残り2日と13時間とある。

移動距離を稼ぐため、なるべく睡眠をエスカレータの上でとるようにしていた。数キロ続く下り階段の上で半時間ほどの仮眠をとっては、終点で起こされて、次の長いエスカレータを探すといった具合だ。荷物は腹に抱きかかえてしっかりと守った。

日付が変わるころにヒロトは伊那谷に降り立った。天井から吊《つ》るされた案内板には、横浜駅長野地区駒ヶ根、とある。市街地と思われる通りでは店も住宅もほとんどシャッターが下りていて、人の気配はない。アナウンスが絶え間なく鳴り響いていたエスカレータよりもよほど静かだ。音の消失感のようなものが耳に残り、どうにも落ち着かなかった。

伊那谷は甲府のような広い盆地とは違い、赤石と木曽の二つの山脈に挟まれた南北に細長い土地だ。広い平地は少なく、谷の両側に貼り付くように階段状の横浜駅が発達していた。このため、それぞれの層に太陽光が取り込まれており、住民はみな太陽のリズムに従って行動し、夜には一斉に眠るのだった。関東平野や甲府にはあまり見られない、エキナカの夜の顔だ。

いずれにせよ長居するつもりはなかった。エスカレータを下りながらの断続的な睡眠のせいで眠くて仕方がなかった。すぐに西側にある木曽山脈へ向かった。ずっと下り道が続いていたせいで、平らな床を歩くこと自体が妙な気分だ。


次の一日はほぼ同じように過ぎた。エスカレータを登り、駅の峠を越え、反対側の谷に降りるという行程だ。

違うところと言えば、昨日の赤石山脈よりも明らかに人が少なく、また横浜駅で覆われた範囲が少ないということだ。あちこちで自然の地面や空が露出していた。久々に見る空は天候が不安定で、なんどか雨の降る地面を横切ることになった。

ケイハから受け取った端末が、自分が九十九段下からはるか遠いところに来たことを示していた。ほとんど休まずにエスカレータを歩き続けていたが、今までと全く違う場所に行けるという興奮が、身体の疲れをどこかに覆い隠していた。

木曽山脈の西側、木曽谷は遠くから見ても異様な形をしていた。幅は伊那谷よりもずっと狭いが、横浜駅構造物は谷底に横たわるだけではなく、谷の斜面から斜面へ橋渡しをする巨大な連絡通路が、納豆の糸のように張り巡らされているところだった。

木曽谷に向かって行く通路を歩いていくと、突然、目の前の通路の壁の両側から自動ドアが現れ、ヒロトの進路を遮った。ドアは太い金属フレームとガラスからなり、「ホームドアへの荷物の立てかけはご遠慮ください」「駆け込み乗車は危険」と書かれたステッカーが貼られていた。

反射的に振り向いたがすでに遅く、そちらにも同じドアが現れた。ヒロトは通路の中、長さ一〇メートルほどの空間に閉じ込められる形になった。まもなく前方のドアの向こうにある曲がり角から、三〇歳ほどの男がひとり現れた。

小柄で、あちこちに継ぎ接《は》ぎのある迷彩の服を着ていた。エキナカでそんな貧しそうな格好の人間を見るのは初めてだった。その姿は九十九段下の住民を思わせた。

「おい、捕まえたぞ」

その男は曲がり角の向こうに向かって叫んだ。

「何人だ」

「一人だけだ」

「武器は」

「持ってねえ。小さいカバンだけだ」

男がもうひとり現れた。五〇歳くらいのぎょろりとした三白眼に、上下とも青一色の防水繊維の服を着ている。こんなエキナカでなにを防水するのだろう。

青服は手に長銃を一丁持っていた。たしか鎌倉でネップシャマイを狙撃した、電気ポンプ銃というやつだ。

「一人だけじゃ意味がないだろ」

青服が言った。

「仕方ないだろ。こいつが勝手に一人で来やがったんだ。オトリにして他の仲間を呼び寄せるとか、何か使い道があるだろ」

迷彩服はそう言った。長銃を持った青服がじろじろとヒロトを見た。

「ちょっと待て。おれはただの旅行者なんだ。ここからずっと東のほうから来て、ここは通過するだけなんだ」

「通過あ？　どこに行くんだ」

「42番出口というところだ」

そう言うと、迷彩と青服は互いに顔を見合わせて
「こいつ、サーボウのやつだよ。こんなところまで来やがったんだ」

と迷彩のほうが言った。まるで何か厄災を持ちこまれたような顔だった。

「サーボウじゃねえよ。一人だし、赤いの持ってねえ」

「どっかに隠してんだろ。おれが村長に聞いてくるから、おめえは見張ってろ」

そう言って迷彩が通路の角に消えた。なるべくヒロトの近くに居たくない、というような顔だった。長銃を持った青服が残った。

「おい、おれはサーボウとかいうやつじゃない。あんたらが何を勘違いしているのか知らんが、出してくれ」

ヒロトは透明のドアをがんがんと叩《たた》いた。どうやらガラスではなく、何か別の透明な板のようだ

った。

「分かってるよ。どっから来たんだ」

「甲府から、山を二つ越えてきた」

「コウフっておめえ、どこのコウフだ」

「東のほうにある大都市だ」

「お山を越えてきたんか」

青服はただでさえ丸い目を余計に開いて言った。

「お山を越えたんなら、アジトがあったろう」

「アジト?」

ヒロトは記憶をたどってみた。確かに広大なエスカレータ高原には居住できそうな部屋がところどころにあった。だが部屋が勝手に生えてくる横浜駅では、それが人のいる場所なのか、それともただ生成されただけの部屋なのかを見た目で判定するのは難しい。

「なんのアジトだ」

「山賊のやつらのだよ」

「サーボウってのは山賊のことなのか?」

「おめえ何言ってんだ?　そんなわけがねえだろ」

青服は憐《あわ》れむような目でヒロトを見た。

まったく話が通じなかった。とはいえ考えてみれば、こんな横浜駅の山奥に住む連中と、海沿いの岬でずっと暮らしていた自分との間では、言葉が通じるだけでも不思議だと考えるべきなのかもしれなかった。

青服はそれきり黙ってしまったので、ヒロトはその場でしばらく眠ることにした。出ようと思えば構造遺伝界キャンセラーを振り回せば済む話だったが、あまり電池を無駄にしたくはないし、この密室を出ても谷を通り抜けるまでが面倒そうだった。

監禁された状態で休むのは、横須賀《よこすか》の留置場で過ごした初日の夜以来だった。あれからまだ三日しか経っていないのに、もうずいぶん昔のことのように思う。

二つの山脈を越えて、ひどく身体が疲れているはずだったが、明かりの煌々《こうこう》とともった通路では上手く眠れなかった。見張りの男たちが「寝てるぞ」「今のうちにやっちまうべきだ」といった会話をしているので、そのたびに目を開け、起きている事を示さなくてはならなかった。

見張りは数時間おきに何度か交代していた。こちらばかりが精神力を削られていくな、とヒロトは思った。

「まあ、なんにせよお前は運がいいな、一人で来たし」

夜明けが近づく頃、四人目の見張りの男が言った。彼は古いよれよれのスーツを着た、人の良さそうな三〇代の男だった。ここの住民はどうやら、それらの衣類の目的に関係なく、あるものを着ているらしい。

エキナカというところは物資が無限に供給される豊かなところだと思っていたが、どうもそういう訳ではないらしかった。ここはおそらく、九十九段下のように廃棄品が流れ着く場所になっているのだろう。

「最初は、連中を何人もいっぺんに捕まえて、中にひとりぶんの食料と銃を投げ込むってことだったんだな。殺しあったあとに最後にのこったやつを改札さまが連れて行く、という寸法だ」

スーツ男はそう言った。最初の迷彩や青服に比べれば会話が通じそうだ、とヒロトは思った。

「なあ、本当に勘違いなんだよ。おれはずっと東のほうからきた旅行者で、明日《あした》までに42番出口って場所まで行かなきゃいけないんだ。ここから出してくれ。そもそも、あんたらは何と戦っているんだ？」

ヒロトが言うと、スーツ男は半信半疑、という顔をしたが、

「うーむ、まあ、お前は山賊の仲間じゃねえよな。お前くらいでけえやつ、見たことねえし」

と言って、事情を説明しはじめた。

彼によると、この近くには山賊集団がいて、この村を頻繁に襲っては物や人を奪っていくのだという。もちろんエキナカで暴力行為は使えないが、彼らは長い経験によって、自動改札の目に触れない略奪のノウハウを発達させていた。

そのひとつが、直接的に危害を加えないことだった。通路にトラップを仕掛けて、そこから一定距離離れていれば、たとえ相手に怪我をさせても改札が動き出さないのだという。

村人のほうもその対抗策を考えていて、このドアによる捕獲もその一つらしい。

「おれの妻は五年前にさらわれたんだ」

連中は、さらった人間を駅の外に監禁しておくのだという。外であれば何をしても自動改札の目に触れることはないからだ。外の環境は悪く、さらわれた人間はたいてい長くは生きられない。彼はなんとか妻の居場所を突き止めて、危険を押して助けに行ったがすでに遅かったという。

「妻をさらったやつの顔ははっきり覚えている。見つけ次第こいつで撃つ。それで改札さまの怒り

に触れても構わない」

と男は長銃を構えて意気込んでいた。

だがヒロトとしては、概《おおむ》ねの事情を理解すると、今度は残り時間のほうが心配になってきた。時間はすでに五日目の朝で、目的の42番出口は目の前の山を登りきったところにあるのだ。

「何にせよおれをここから出してくれよ。何ならその山賊？　とかいう連中をやっつけるのを手伝ってやるよ」

「そりゃ無理だろ。第一お前が本当にただの旅行者だったとして、何の戦力になるっていうんだ？下手に動かれたって、迷子になるのがオチだ」

たしかにこの迷路のように連絡通路が張り巡らされた村では、よそ者のヒロトが動き回るのは難しそうだった。体格や身体能力であれば大概のエキナカ住民よりも上と思われたが、暴力行為全般が使えない以上あまり役立ちそうな能力ではない。

となれば別の方法を使うしかない。あまり得意な分野ではないが。ヒロトは頭の中で作文を組み立てると、すっと立ち上がり、

「仕方ないな。なるべくこの手は使いたくなかったが」

と言って構造遺伝界キャンセラーを取り出した。見張り男は怪訝《けげん》そうな顔でその金属筒を見た。

それからスイッチを入れて、横の壁に向けて照射した。こぶし大のコンクリートがぽろりと崩れた。

「これは、あの、新しい武器だ。駅構造も簡単に壊せるかんじの強力なやつだし、壊しても自動改札が来ないすごいのなんだ。これを使えばこんな村くらいはお終《しま》いなので、平和に済ませたかったら、さっさとここを開けてくれ」

もちろんハッタリだった。あまりに自分の喋《しゃべ》り方が嘘っぽいので、自分で笑い出しそうになった。

だが男は状況がよく飲み込めていないらしく、長銃を構えたまま、ヒロトの持つ円筒状の物体と壊れた壁を交互に見ていた。エキナカで育った彼らにとって駅の壁が崩れるということは、床に置いたものが宙に浮き上がるほどナンセンスな事なのだ。

もうひと押し必要だ。そう思ってヒロトはキャンセラーを、ドアの透明な部分に向けて照射した。そのあとドアを蹴《け》ってやると、照射した部分だけ窓が円形にかしゃんと割れて、破片が反対側に落ちた。

次にキャンセラーをその男に向けると、彼は驚いて「うああわあ」と変な声を出しながら長銃をとって立ち上がり、ヒロトに向けて発射した。ばん、ぱん、と大きな音が二つ響き渡った。二人を遮る窓には、弾丸であるネジが食い込み、そこを中心に大きくヒビが入った。いくら構造遺伝界で補強されていても、これだけ薄い窓板なら傷をつけられるようだった。

「うああわああ」

男は床にべたんと倒れた。

「た、助けてくれ！　こいつやっぱりサーボウだ！　誰か来てくれ！」

通路の奥から足音が聞こえてきた。だが、現れたのは人間ではなく、二体の自動改札だった。二体は長銃を持った男を取り囲むと、

「あなたは駅構造の破壊を行いました。よって Suika 不正が認定されました。これにより横浜駅からの強制退去が実行されます」

と女性の声でアナウンスし、素早く男を拘束し、一体が抱えてどこかへ消えてしまった。曲がり

角の向こうで、男の悲鳴と、別の誰かがその男の名前らしいものを叫ぶ声が聞こえた。

もう一体の自動改札はヒロトを一瞥《いちべつ》し、そのあとカバンを見ると「18きっぷを確認しました。本日も横浜駅のご利用ありがとうございます」と言い、その場で座り込んで休止状態に入った。床にはさっき男が使った長銃が放置されていた。

それからしばらく静寂が続いた。

まずいことになった。ヒロトは思った。

エキナカの住民を一人、自分の手で追放に追い込んでしまったのだ。いや、この場合は相手の過失と言うべきなのか？　だが、相手を脅かして脱出しようと思った事は確かなのだった。

考えている暇はない。構造遺伝界キャンセラーをドアに照射し、ガラス面を叩き割って外に出た。自動改札は休止状態のまま、通り抜けるヒロトに何の反応もしなかった。

落ちている銃を持っていくべきか少し迷って、そのままにしておく事にした。


山岳地帯で蜘蛛《くも》の巣のように連絡通路を延ばし続けるこの谷のなかでも、ケイハから受け取った端末は常に最新の地図情報を表示していた。早朝とはいえすでに歩き出している村人は多い。

小規模な村だから、よそ者の姿は目立つ。ヒロトはなるべく村の中心部を避けて、大回りする形で谷の反対側に位置する42番出口の方向に進むことにした。

端末の地図が示す経路を曲がり角から確認するが、自動改札が一体座っているだけだ。ここを抜ければ村を出て、42番出口に向かう斜面に至る。人の気配はない。ヒロトは歩き出した。

「誰？」

ふいに自動改札から子供の声が聞こえた。だがそれは自動改札の声ではなかった。改札の背後で、一〇歳ほどの少年がひとり座っていた。

「誰？　わるいやつか」

少年はヒロトを見て言った。彼は大人サイズのTシャツを、切って小さくしたものを着ているようだった。身体に比べて異様に服がぶかぶかしている。

「違う。おれはわるいやつじゃない。ただの通りすがりの旅行者だ」

見ると、自動改札の足元には、コップに入った水と、水色の小さな厚紙が一枚置かれていた。しゃがんで見てみると、厚紙には地名や数字が細かく書き込まれている。なにかのお札のようだった。

「何をしているんだ？」

「何って、おいのりだ」

「お祈り？」

「わるいやつがお母ちゃんをさらって行ったんだ。だから改札さまに、わるいやつをやっつけて、お母ちゃんを返してくれるようにお願いしてる」

少年の顔には見覚えがあった。さっき自動改札に連れていかれた、スーツ男にどこか面影が似ている。

「おじさんは駅員の人？」

「駅員？」

「村長が言ってたよ。松本の駅員さんに、わるいやつらの退治をお願いしたんだって」

松本は甲府同様、盆地に層状の横浜駅が発達した階層都市だ。ケイハの端末を見ると相当に大規模な都市で、駅員組織もかなり充実しているのだろう。だが、ここからはかなり遠い。

「ここに駅員はいないのか」

「昔はいたんだ。でも、わるいやつらが来て、いなくなった。でも、ちゃんと大人の言うことを聞いていい子にしていれば、改札さまがわるいやつらを横浜駅から追い出してくれる、って父ちゃんが言ってる」

ヒロトは自動改札の顔を見上げた。その機体はずいぶん色褪《いろあ》せており、全身の関節の部分は塗装がすり減っていた。かなりの年代ものらしい。動くのかどうかは分からない。体にはホコリひとつ付いていないが、それは日々の仕事というよりも村人の甲斐甲斐《かいがい》しい手入れの表れだろう。

どうしてエキナカでずっと生きているはずのこの村人たちは、そんな風に自動改札の正しさを信じ込んでいるんだろう？　村人のひとりがたった今、自動改札によって追放されたというのに。

あれはただの機械だ。ルールを機械的に遂行するだけで、どんなに祈ったってお前たちの願いなんて叶《かな》えてくれないんだ。

ヒロトはその事を口にするべきかと思って、少年と自動改札をしばらく交互に見て、それから言った。

「なあ。その山賊たち……わるいやつらのアジトってのは、ここから近くにあるのか？」

「わるいやつをやっつけてくれるのか」

少年は言った。

「ああ。おれが退治する」

もともと山賊たちは松本周辺に住んでいて、駅の峠を越えようとする通行人を襲っていたのだが、だんだん松本の駅員の勢力が強くなってきて、追い出されるような形でここまで逃れてきたらしい。アジトはエキナカと外に一箇所ずつあった。彼らは必要に応じてその二つを移動している。現在の時刻は、外のほうに居るらしい。

エキナカのアジトは、山脈を東から西へ向けて、数キロほどにわたって橋脚もなく延びる連絡通路の中にあった。通常のコンクリートでは耐えられるはずもない、構造遺伝界によって補強された横浜駅だから可能な構造だ。

ヒロトは構造遺伝界キャンセラーを取り出した。これまでの作業の中でずいぶんコンクリートの崩し方には慣れてきたが、これは今までよりもずっと精密さが要求される作業だった。

連絡通路の床を、通路の横幅いっぱい、長さ一メートルほどに渡ってキャンセラーを照射し、構造遺伝界を消し去っていった。

「何をしているの?」

連絡通路の入り口の部分で見ている少年が話しかけた。

「危ないから近寄るなよ。そこで待ってな」

しばらく照射をつづけると、床は脆《もろ》くなり、ほとんど支持の役割を果たさなくなった。これでこの連絡通路は、壁と天井だけで支えられている形になる。歩くと連絡通路全体がわずかに揺れているのが分かる。長さを一メートルと広めにとったのは、数日中に構造遺伝界が回復する分を考慮してだ。もちろんこの幅が適切なのかどうかは分からない。

ずいぶん長時間キャンセラーを照射し、バッテリーの残りは三〇%を切った。

「これでいい。村の大人たちに伝えてくれ。しばらく絶対にこのあたりに近づくな、と」

「何があるの？」

「うまくいけば、次にやつらがこのアジトに押し寄せると、その重みに耐えられずに連絡通路が折れる」

「連絡通路が？　折れる？」

少年は意味が分からないようだった。ヒロト自身も、連絡通路を折るという映像的なイメージがきちんと湧いていなかった。数日前にネップシャマイから「津軽海峡を横断しようと延びた横浜駅が、自重に耐え切れずに落ちる」という話を聞いているだけだった。

「まあ、とにかく折れるんだよ。そうなると、通路が落ちて谷底にぶつかる。いくら横浜駅でも、この高さから落ちれば窓ガラスとか色々壊れるだろう。そうなった時、直接壊したのは山賊たちということになって、自動改札が動き出して山賊たちをやっつけてくれる。……いや、事故の場合は扱いが違うかもしれないが。ちゃんと壊れるかどうかも分からん。まあ賭《か》けだな。といっても負けても失うものはないだろう」

少年はヒロトが何を言っているのか分からない、という顔をしていた。

「とにかく。次にわるいやつらが来るまで、絶対このアジトに近づくな。村の大人たちにもそう言うんだ。わかったか？」

「うん。わかった」

「いい子にしていれば、きっと改札さまが動き出して悪いやつをやっつけてくれる、ってことだ。じゃ、おれはもう行くから、元気でな」

そう言ってヒロトは少年と別れた。

歩き出してから、照射が不十分だったのではないか、あるいは掘りすぎて勝手に崩れたりしないだろうか、谷底にも横浜駅があったがそこの住民が被害を受けたりしないだろうか、などと色々なことが心配になりはじめた。だが考えても仕方のないことだった。

42番出口に向かう最後の登り坂は、それまでの山脈と違って細く、狭かった。経路選択の必要はほとんど無かった。

かつて御嶽山《おんたけ》として知られていた孤立峰は、富士山と同様に何層ものエスカレータと天井が折り重なって、自然の地面よりも更に標高を増していた。ヒロトの目的地はその山頂付近、層状構造となった横浜駅の下に、長年にわたって人目に触れることなく埋もれていた。

村でそれなりに眠って、まだ体力は残っているはずだったが、だんだんと呼吸が苦しくなっていることに気づいた。今までの人生で感じたことがない、得体の知れない気持ち悪さだった。身体は疲れていないのに、いくら肺を動かしても、必要なだけの酸素が入ってこないのだ。

まるで自分のさっきの行為を、自分の中の何者かに咎《とが》められているようだった。歩き続けることができなくなり、エスカレータに座り込んで、自然に上に運ばれていくのを待った。

もし自分の目論見どおりにあの連絡通路が谷底に落下すれば、おそらく山賊たちは全員死ぬだろう。おれは顔を見てもいない連中を何人もまとめて殺したのだ。

自分が手にしていた構造遺伝界キャンセラーは、それ自体は人間の殺傷に使えるものではなかった。だが、それよりも恐ろしい武器だった。自分は今さっきこれを使って、一人の村人を駅の外に追いやり、さらに何人もの人間を谷底に突き落とす罠《わな》を仕掛けたのだ。それだけの事をしたにも拘わらず、自分は自動改札に追われることなく、こう堂々とエキナカに戻ってきたのだ。

もちろん自動改札はただの機械として、規定の動きをしているだけだ。だが彼にはまるで、自動改札が悪意を持って、自分や、他の多くの人間を苦しめているように思えた。

そんな感情を持ったのははじめての事だった。九十九段下で暮らしていた頃の自分にとって、自動改札は、ただの背景のひとつだった。自分の世界を阻むものではあったけれど、それは駅の壁と同じで、あらかじめ与えられた条件だったからだ。

ケイハに渡された端末が示す位置は、ゆっくりと「42番出口」を示す赤い点に近づいてきていた。

ヒロトは工場のラインに載せられた機械のように、自動的にゴールに向かっていた。

◆

そこは「出口」と呼ぶにはあまりに奇妙な場所だった。

コンクリートの壁が消失点まで続き、その手前には黄色の点字ブロックが並ぶ。壁にはポスターひとつないが、非常に長い時間光に当てられて表面は色あせている。いまヒロトの立っている位置から全貌《ぜんぼう》は見えないが、ケイハから受け取った端末の地図によると、この壁は周囲三キロほどの領域を円形に取り囲んでいるらしい。そしてこの内側に「42番出口」があるのだ。ちょうど横浜駅がこの「出口」を忌まわしいもののように封じ込める形で。

「危険ですので黄色い線の内側までお下がりください」というアナウンスが響く。だがこの配置ではどちらが内側なのかが分からない。幾何学的に考えれば壁の向こうが内側だが、いま立っている場所が「エキナカ」であることを考えるとこちらが内側と言えないこともない。

ヒロトは壁を回り、地図上で「42番出口」と書かれた点の近くまで移動した。壁に構造遺伝界キャンセラーを照射し、小さな穴を開ける。バッテリーの残量は残り十六％。おそらく使えるのはあと一回程度だろう。

壁の向こう側には、電灯の組み込まれた黄色い看板に黒い囲み文字で書かれた「42」「出口」の文字、右方向を示す矢印。そしてその下には、

『JR統合知性体開発研究所 方面』

と書かれていた。

「研究施設……？　こんな山の中に」

とつぶやいた。壁の内側を歩いて行くとやがて床からコンクリートがなくなり、自然の地面が露出しだした。どうやら山を覆う横浜駅の中に、閉じ込められた泡のように半径一キロほどの駅外の空間が存在しているようだった。高さ一〇メートルほどの場所に天井があり、電灯はない。壁と天井の隙間からわずかに光が差しこむだけの薄暗い空間だ。目を凝らすと、周囲に自然の岩がごろごろと転がっているのが見える。

18きっぷのバックライトを懐中電灯代わりにして慎重に歩いていく。目が慣れてきたころに突然、目の前に部屋が現れた。

それは、建物というよりも、部屋自体が直接地面に載っかっていると言うべきものだった。ドアは明らかに内装向けのもので、壁の一部にはコルクの掲示板やホワイトボードが張られていた。あ

きらかに外からの雨風を想定していない仕様だ。

全体としては、もともとどこかの建物の一部だった部屋をまるごと取り外して、そのまま山中に打ち捨てて、まわりを壁と天井で覆って封印した、という印象だった。超電導鉄道の封じ方に似たものを思わせる。構造遺伝界は超電導物質を嫌うためにあの鉄道のトンネルを壁で封じた、とネップシャマイは言っていた。

ドアの脇には金属製のプレートに
『第3開発局 一宮研究室』

と書かれ、その下には
『不在』

と書かれたプラスチックの板が吊《つ》るされている。

ヒロトはゆっくりと『一宮研究室』のドアを開けた。

部屋の電気がついた。目を覆う光のなかで、まず現れたのは巨大なサーバーラックだった。内部にいくつもの板状のコンピュータが挿し込まれ、配線がスパゲッティ状に絡み合っている。

「ジャーン」という荘厳な起動音が響き、サーバー群が動き出した。赤や緑のランプが激しく点滅し、排気ファンが回転しはじめる。おそらくドアを開けたことでセンサーが働いて、部屋全体の電力が復帰したのだろう。

ヒロトはその光景を見て、甲府にあったケイハの部屋を思い出した。だがよく見ると雰囲気は大きく違っていた。機械類は近づくとむせ返るほどのホコリが積もり、床には得体のしれないぬめぬめとした物質が広がっていた。あまりに長い時間、この機械類はここで眠っていたのだろう。

部屋の中央には、幅が一メートル近くある巨大な柱があり、そこには縦長のディスプレイが四面に据え付けられていた。

いちばん奥の壁には、スチール製の棚が設置されている。ガラス窓で仕切られた本棚の中には
『分散知性学会　'84年4月会報』

『ネットワーク知性の理論と実践』

『現代情報科学の発展』

『JR時刻表　'84年3月号』

『ドストエフスキー全集』

『新訳　マキャベリ君主論』

と、旧字体で書かれた背表紙が並んでいる。

「起動中」のマークがくるくると回転し、しばらくすると「データ同期中」に変わった。さらに少し経つと、

「そこに誰かいるのかな？」

という声がスピーカーから流れだした。太い柱を囲むように設置された四枚のディスプレイには、机に座った一人のスーツの男が、ニュース番組のアナウンサーのように映しだされていた。男の姿には見覚えがあった。

「……教授？」

「ほう、私を知っているのかね」

「いや。似ているが、おれの知っている教授よりもずいぶん若い。それに声が違う」

「ふむ。この姿は複写時点のものだからな。声は現代式の発音をたった今ダウンロードして自動翻訳している。不自然かもしれないが、なにぶん起きるのは久々なんでね。更新データが浸透するまで少し待ってくれ」

と言うと、ディスプレイの男は大きなあくびをした。

「私はずっとここで眠っていたのだ。どういうわけか電力供給が絶たれてしまったからね、備蓄を無駄にしないように機能を停止していたんだ。ところで今は西暦何年だ？」

「セイレキ？　何だそれは」

「ふむ。ずいぶんと時間が経ってしまったようだな。まあ、いいだろう。しかし見たところ君はずいぶん疲れているようじゃないか。のどが渇いてるんじゃないか？　隣の部屋に食料品のストックがあるはずだから、良かったら勝手にやってくれ」

男はそう言うが、どう見ても部屋はここ一つしかない。

「おい、あんたは誰だ？　今どこから話しているんだ？　おれは教授に、ここに来れば全ての答えがあると言われて来たんだが、あんたは教授の親戚《しんせき》か何かか？」

「質問を急がないでくれ。私はあまり並列処理性能が高くない」

男はそう言うと、画面に現れた湯のみから茶をひとすすりした。

「順番に答えよう。まず『どこから』ということだが、私はここから話している。いま、君の背後にあるサーバー群だ」

男はヒロトの背後を指した。ラックに積まれたコンピュータ群がファンをきゅるきゅると回転させている。その排気には年代を感じさせる独特の臭気がある。

「人工知能なのか」

「広い意味ではそうなるな。だが人工とは何か、というのはいささか難しい問題だ。たとえば君は人間の両親から生まれて来たのだろうが、君は人工物かね？　自然物かね？　君は他の人間との会話や教育によってその知性を獲得してきたのだろうが、それは人工知能か？」

こういう妙な問答をするのは、あの教授を思わせた。もちろん、自分の知る教授と違って、言葉自体はずっと明瞭《めいりょう》であったが。

「話が逸れたな。次に『誰か』ということだが、私はＪＲ統合知性体の保守管理主体を任されている。いや、任されていた、というべきだろうな。そして君の言っている教授というのはおそらく私のオリジンのことだろう。彼は、ＪＲ統合知性体の開発責任者だ」

「開発責任者……？　待ってくれ。統合知性体が生まれたのは、何百年も前のことのはずだろ？」

ヒロトはケイハに聞いた話を思い出していた。

「何百年？　ずいぶん待たされたものだな。うちのラボの連中は何をしていたのだ？　まあ良い。時間はかかったが、どうやら上手くは行ったようだな。少し待ってくれ。まず現在の状況を……ん？　何だ、おかしいな」

画面の中の男は、何かを探すようにぐるぐると首を回した。

「すぐ東に行けば東京湾に出るはずなんだが……位置情報が欠失しているぞ。ＧＰＳ衛星が止まったのか？　気圧が低すぎる。高山地帯なのか？　どこだ、ここは？」

それからすぐに、画面の右下に小さな地図が表示された。日本地図で、本州全体と四国の北東部が黒に染められている。現在地が赤い点で表示されている。

「何だこれは。本州が全て横浜駅になってるのか」

と彼は目を丸くした。

「理論上はそうなると聞いていたが……まさか本当とはな。くくくっ、まるで質の悪いジョークじゃないか」

と言って手で目を覆い、小さく苦笑いをした。しかしヒロトは何が面白いのかが全く分からなかった。

「まあいい、どこまで駅が広がろうと同じことだ。いいかな、色々と聞きたいことはあるだろうが、まずこちらの結論を言う。今から横浜駅をこの地上から消し去る。君に力を貸してほしい」

◆

甲府階層都市の第一一七階層。「根付屋」と看板に書かれた電機屋の奥の部屋に構えているのは、おそらく甲府でも最大の計算能力を持つコンピュータだ。ケイハがあちこちで集めた計算リソースをクラスタ化したものだ。

マシンの内部で消費される電力は、およそ個人の負担できる金額をはるかに超えているが、ケイハは電気局のメーターを適当にいじって消している。横浜駅深部の質量炉で生産される電力を右から左に流すだけの駅電気局職員の職業意識は低く、気づかれる危険性は皆無であった。

この怪物的なマシンで駆動しているのは、スイカネットで古くから流通している回路シミュレータソフトだ。物理スキャンした回路構造のデータを入力し、仮想的な回路上で仮想的な電流を流す。

演算内での演算が実行され、出力はモニターに表示される。

〉Kitaka OS 4.2 を起動しています……

〉起動が完了しました。

〉複数のハードウェアが認識できません。ボディに深刻な問題が生じている可能性があります。

多くのメッセージが出たあと、画面に入力待ちを示す記号が表示される。ケイハはマイクに向かって話しかけた。

「こんにちは。私は二条ケイハ。今の状況を理解できる？」

マイクのスイッチを切ると、音声データが回路に送信され、コンピュータの冷却装置の稼働率が上がり、マシンから白い排気がもうもうと出てくる。およそ三分間の沈黙を経て、画面に文字が表示される。

〉あなたの言語を理解します。僕は自分を認識しません。

「君の名前はネップシャマイ。JR北日本から派遣されてきた工作員よ」

また数分間の沈黙。冷却用の窒素が部屋に充満していくのが気になったが、換気システムは最小限にしか動かしていない。横浜駅層状構造体の中層にあるこの店では、周囲に怪しまれずに排気をするのが難しいのだ。

ケイハは以前いちど酸素欠乏症で意識を失い、たまたま来ていた近所の電機屋に見つかって一命をとりとめたこともある。もう少し上層に住めば快適なのだろうけれど、富裕層の集まる上層では駅員に目立ってしまう。ICoCarによって自動改札の目も欺く彼女にとって、いちばん恐ろしいのは人間の駅員だった。

〉JR北日本を理解します。僕の個人を認識できません。主記憶装置に深刻な問題が発生に重大しています。

「何か思い出せることはある？　JR北日本を北海道との通信ポートに接続するトークンは覚えている？」

数分間の沈黙。店の奥にある小さなキッチンでお茶を淹《い》れながらマシンの返答を待った。

〉トークンは主記憶装置が実在しました。現在は修復の深刻な問題のためできません。確認して問題の原因を現在しています。

ケイハは肩を落とす。彼のデータを使ってJR北日本とのコンタクトを試みようと思っていたのだが、アテが外れたようだった。

「ごめんね。君の主記憶装置のフォーマットが全然理解できなかったから、物理構造をまるごとスキャンしたの。シミュレータだから実時間よりも二桁《ふたけた》くらい遅いけど、会話が成立するってことに正直びっくりしたわ。ずいぶん頑健性のあるシステムになってるのね。主記憶装置のフォーマットに関する情報はある？」

その返答は二〇分近く待たされることになった。いっぺんにしゃべり過ぎると回路が混乱するのかもしれない。

〉僕はフォーマット情報を持って最初からいません。機密事項に該当しそれは技術部が保持しています。

「いま技術部と通信する方法はある？　私は君たちの組織とコンタクトをとりたいの。お互いにメリットがあると思う」

〉あなたを僕の知識は断片的に存在しています。技術部はしかしながら秘密的な、明確な理由を必要します。

言語部分のスキャンが不十分だったか、とケイハは思ったが、問いただすにも時間がかかりすぎるし、下手に喋《しゃべ》ってダウンさせると、再起動にまた何時間もかかってしまう。今のうちに聞けることを聞いておく必要があった。

「できれば、あなたの知っていることを差し支えない範囲で教えてほしいの」

〉僕が知ってることの全体を認識しません。それは特定の要請に連想されます。

「じゃ、まずひとつ。君たちの生みの親である『ユキエさん』は何者なの？」

〉ユキエさんは Corpocker 型の開発者でありそれは僕達です。

「それは知ってるわ。私が聞きたいのは、どうして個人がそこまでの技術を持ちえたのかって話。私の予想では、その人はおそらく、横浜駅に対抗する知識を得るために、北海道に残っているJR統合知性体のユニットからデータを取り出して、その言語を解読した。それによってあなた達のような高度な人工知能や、構造遺伝界キャンセラーのような技術を生み出した。と思ってるんだけど、どうかしら」

〉ユキエさんについては、禁止されていることは弊社により、言及することとです。

「やっぱり機密事項なのね。あなた達はその人に、直接会ったことはあるの？」

〉直接の意味を定義しません。補助記憶装置にデータが存在した記憶が主記憶装置に存在します。

補助記憶装置が認識できません。

「分かった。それじゃ次の質問。君がここ数日間、一緒に旅をしていた人のことは覚えてる？　三島ヒロトっていう名前の」

〉名前に関しての情報はありません。人は18きっぷです。

「ええ、その人」

ケイハは別画面に地図を表示した。ヒロトに渡した端末の位置情報が青点で表示されている。木曽谷を越えて、赤点で表示された42番出口に近づきつつある。

「彼は今、この場所に向かっている」

とケイハは赤い点を指した。

「あなたはこの場所について何か知っている？」

〉42番出口について、禁止されていることは弊社により、言及することです。

「……どういう事？　ＪＲ北日本は、あなたたち工作員アンドロイドに、この場所についての言及を禁止しているの？」

それから一呼吸をおいて、もう一度ゆっくりと喋った。

「私はあなた達の組織と協力したい。私の予測が正しければ、この場所には、横浜駅にとって致命的な何かが眠っているはず。それは私の目的でもあるし、あなた達の目的でもあるはずよ。情報を共有すれば何か有利なことがあるはず」

だが何分待っても返事はなかった。言っていることを理解していないのか、それとも口をつぐんでいるのか、その両者を区別できるほどには、ケイハはこの知性の構造を理解していなかった。

そのとき、ケイハの手元のラップトップがピッと音をたててアラートを出した。

「どうやら到達していたみたいね」

ケイハはつぶやいた。ヒロトの持った端末の位置情報が「42番出口」の場所と重なった。この端末には位置情報と音声を送信する機能が備わっている。

42番出口で誰かが喋っているのが聞こえる。ヒロトの声ではない。どうやら壮年の男性のようだ。

だがケイハの確保しているスイカネット・ノードを離れている以上、データの専有的な通信はできない。距離を考えると、おそらく一時間程度の遅延があるはずだ。

◆

「そもそもの発端はＪＲ統合知性体の過ちにある」

〝ＪＲ統合知性体の保守管理主体〟を名乗る画面の男はゆっくりと話をはじめた。長く続いた冬戦争、鉄道ネットワークをベースとした統合知性体の誕生。人間による政府を置きながらも、実質的な意思決定者として統合知性体が君臨していたこと。

だが列島の荒廃は続いた。ＪＲ統合知性体は人間よりもはるかに高度な知性を持つシステムであったが、あくまで頭脳に過ぎず、強力な防衛装置を有しない。知性体を構成する駅《ユニット》には、衛星兵器による破損が相次いだ。

いわば王の側近とも言うべきＪＲ各社は、ユニットの防衛と修復作業を続けたが、全国に散らばるユニットは守り続けるにはあまりに数が多く、戦争は激化していった。

そのような状態が数十年近く続いた。あるとき、統合知性体はひとつの意思決定を行った。人間の手による修復では自己を維持できないと悟り、ユニットに自律的な修復機構を導入することを決めたのだ。

「これにより誕生したのが、物質構造の記憶と複製、そしてその伝播《でんぱ》性を持つ量子場を利用した、知性体ネットワークの自己修復システムだ。今では構造遺伝界と呼ばれているようだがね」

そして新たに開発された自己修復系のテストケースに選ばれたのが、誕生以来絶え間ない改築を繰り返してきた「横浜駅」だった。初期状態のまっさらな構造遺伝界は、横浜駅の長年に渡る改築の記憶を取り込み、自律的修復の可能なユニットとして転生する。それが成功し次第、その遺伝界を各ユニットに移植し、統合知性体は全体として不死化する。そういう計画だった。

「支配者というものは得てして不死を求めるものだからね。遠い昔、広大な中国をはじめて統一した皇帝は、不老不死の秘薬を求めて水銀を飲み、かえって寿命を縮めたということだよ。JR統合知性体ほどの高度な知性を持ってしても、生への執着から自由ではなかったのだ」

だがそれは統合知性体の過ちだった。生命体にとっての不老不死、老いることを止めて増殖し続ける細胞、それは癌にほかならない。構造遺伝界の種を導入された横浜駅は、自身の長い長い改築の記憶を全身に最大限に発現させた。それは破損部分の修復に留まらなかった。周辺の鉄道網づたいに、日本の鉄道網全体に、そして最終的に国土全体にまで増殖し始めたのだ。発達した癌組織が生命体を喰《く》らい尽くすように、まさに横浜駅が列島を侵食していったのだ。

知性体のユニットである他の駅がほとんど横浜駅に飲み込まれていった。ネットワークの複雑性が知性を維持するのに不十分なサイズとなった時点で、統合知性体の知性としての活動は永遠に失われた。

そして横浜駅は増殖を続け、本州を覆い尽くし、現在に至る。

「もともと統合知性体の不死化プロジェクト自体、研究所でも反対派が多かった。しかし何しろ戦時中で、しかも最大の意思決定者である統合知性体が下した判断だ。あの頃の日本政府は既に、統合知性体のスポークスマンと化していたからな。だから我々のラボがこうして、暴走時の対抗手段を用意しておいたというのに……まさか、これほど対応が遅れるとはね」

「対抗手段、だと？」

「うむ。統合知性体は、横浜駅における構造遺伝界のユニットテストが完了した後は、いったん駅内部の遺伝界を消し去る予定だった。このラボにはそのための装置が残っている。この柱の反対側を見てくれ」

ヒロトが柱の裏に回り込むと、そこには彼の18きっぷと同程度の大きさの黄色い箱があった。中央に赤いボタンが付けられ「非常停止ボタン」と書かれたステッカーが貼られている。

「逆位相遺伝界発振装置だ。横浜駅と接触させて発動させれば、構造遺伝界に対し逆向きの位相を持つ遺伝界を発振しつづける。

最終的には、逆位相遺伝界は横浜駅のすみずみまで浸透し、構造遺伝界はすべて消え去る。すなわち、横浜駅の死だ」

構造遺伝界キャンセラーを巨大化したシステムなんだろう、とヒロトは理解した。

「ここまで駅が巨大化するのは想定外だったので、正確な所要時間の予想は難しい。だが実験室スケールのデータから類推すると、数年から数十年で、駅はすべて消滅する」

「そんなものがあるなら、なぜ今まで使わなかったんだ？」

「それが正に、君の力を借りたい理由なのだ。いいか、JR統合知性体には、その開発者により導入された、ある重大な禁忌があった」

「禁忌？」

「それは『自己破壊の禁止』だ。統合知性体の内部において、あるユニットが別のユニットを能動的に破壊することは不可能という仕様になっていた。このルールは、横浜駅により全体を飲み込まれた今でも生きているのだ」

保守管理主体は統合知性体の部分知性であり、統合知性体のユニットである横浜駅とは、いわば兄弟関係にある。兄弟喧嘩《きょうだいげんか》をかたく禁ずる親により、保守管理主体には横浜駅を破壊するシステムの起動はできないのだ。

「だからスイッチを入れられる人間が現れるのを待っていた、というわけか」

「それだけではない。スイカを持つ者では、このスイッチを押せないのだ。スイカとは人間を横浜駅の部分構造とみなすことで、非自己を排除する横浜駅の免疫系を逃れるための器官なのだ。スイカを持たない人間がエキナカに侵入するのを規制するシステムがあるだろう。またスイカを持つ人間が横浜駅構造を破壊することや、人間同士の暴力も、免疫システムが強く規制しているはずだ」

自動改札のことか、とヒロトは思った。

「もともとこの装置は横浜駅の外に設置されていたのに、起動する前に研究所ごと横浜駅に飲み込まれてしまったようだな。道理でこんなにも対応が遅れる事になったわけだ。だからこそ、君のような人間が来てくれるのを待つ羽目になった。スイカを持たず、この場所まで辿《たど》り着き、逆位相遺伝界発振装置を起動できる人間を」

「おれが来るのが必要だったのか？」

「そうだ。どういう経緯かは知らないが、その一時入場証を使ってこんな内陸まで辿り着いたお陰で、スイカを持たない人間がこのスイッチを押すという、矛盾した状況を作り出すことが可能になった。国家を救う功績だ。深く感謝する。首相にも私から報告しておこう」

国家とか首相とかいうのがどういうものか、ヒロトは知らなかった。だが、とにかく自分に重要な役割が与えられているということを強く感じられた。

「駅が消えるのか」

ヒロトは言った。

「そんなこと、まったく考えたことがなかったな」

駅の存在が自分の可能性を阻むものであるとか、そういう風に考えたことは全く無かった。

九十九段下のどこに居ても、視界の片方には海があり、もう片方には横浜駅があった。それらは自分たちの生活範囲を規定し、また生活の糧の源でもあった。

その二つは前提であり、環境であり、所与のものとして最初から与えられていたのだ。

それが今、このひとつのボタンで全て消えようとしている。

「おれがそんなことを決めていいのか？」

ヒロトは言った。

「そうだ。君が自分で押さないかぎり、このスイッチは作動しない。より正確に言えば、私を含む、統合知性体に属する意思によりスイッチが押されたと判定された場合、装置は起動しない仕組みになっている。君が自由意志によって自分の身体を動かし、押さなければならない」

「おれの意志か」

そう言うとヒロトは、なぜだか自分の口角が上がってきているのに気づいた。表情筋の疲労のためか、それともあまりに滑稽《こっけい》な状況に笑みがこぼれてきているのか、自分でもよく分からなかった。

「確かに、このエキナカの世界が、何か間違っているような気がしてきていたところだ。うまくは言えないいんだが。

けどな、おれはただの旅行者なんだ。まだここに来て五日しか経ってない。18きっぷを貰《もら》ったのも、キャンセラーを入手したのも、ここまで辿り着いたのも、全部、ただの偶然の重なり合いなんだ」

呼吸の苦しさが強まってきていた。まるでこの部屋の空気が、背後にある計算機の群れによって奪われているように思えた。

「あんたはこんな山の中に篭《こも》ってるから知らないかもしれないが、この駅にはもう山ほどの人間が生きてるんだ。みんな百年以上前からずっとここに住んでる。いったい何の権利があって、おれがその人たちの生活の場を奪えるんだ？　なあ、おれは一体何なんだ？」

「君が何者なのか、それは私が関与することではない」

保守管理主体は冷たく言った。

「だがひとつ言えることがある。君は今『権利』という言葉を使ったが、それは適切ではない。私は君に、この横浜駅の運命の選択を求めているのではない。もし君がこのボタンを押さなければ、私はまた次の訪問者を待つことになる。それは明日《あした》かもしれないし、百年後かもしれない。だが、いつか終わりは来る。それは定められた事だ。

コロンブスにアメリカ先住民の運命を決める権利があった訳ではない。力の差のある二つの文明があるという時点で、彼らの運命は決まっていたのだ」

画面の顔はひたすら冷徹だった。コロンブスが何なのかは知らなかったが、それが人間の世界においてとてつもなく重要な出来事だったことは理解できた。

「ひとつ喩《たと》え話をしよう。テーブルの上に載った砂山を想像するんだ。上からゆっくりと、ひと粒ずつ砂を落としていく」

彼は画面の中で、なだめるように優しい声で言った。その顔はまるで、宿題のわからない息子に解き方を教える父親のようだった。

保守管理主体は手で砂山の輪郭を示すと、画面に実際に砂山の映像が現れた。最初はおにぎりのようなサイズの小さい砂山が、上から下りてくる砂でみるみる大きくなっていく。

「はじめは僅《わず》かな丘にすぎなかった砂が、やがて巨大な山になる」

やがて砂山は机を覆い尽くすサイズにまで巨大化し、男の姿はその後ろに隠れた。

「だが、その巨大化は永遠には続かない。やがて崩壊が起きる。ある砂粒が落ちた瞬間、砂山は大きく崩れる」

男がそう言うと、砂山の右側で大きな雪崩が起き、机の下に大量の砂がこぼれ落ちた。

「どうして砂山は崩れたのか。簡単なことだ。砂山はこの机の上で、無限に大きくなることができないからだ。だから、いつか崩壊が起きる。砂山を崩壊させるのは、強い力と確かな意志を持った特別な砂粒ではない。砂山が永遠に存在できない以上、崩壊を引き起こすただひとつの砂粒が存在する。それだけのことだ。

君が特別な人間でなくていい。君は世界を救うヒーローにも、駅を破壊する悪魔にもならなくていい。ただ一粒の砂が下りてくるように、力を貸して欲しいのだ」

「あんたの言うことはやっぱりよく分からないけど」

ヒロトは言った。

「おれはずっと、九十九段下の小さな岬の、余白みたいなところで生きてきたんだ。

この世界がどんな風になっているのかを知って、自分のまわりの狭い世界を少しだけ変えて、少しだけ前に進みたい。そう思ってここまで来たんだ」

しばらくの沈黙のあと、まるで水が低いところに流れるように、自然にゆっくりとスイッチに手を触れた。

ブウウン、ブウウン。

ブウウウウウウン。

羽虫のような音が部屋全体に響き、部屋全体がわずかに震えた。羽虫の音に、自分の呼吸と心臓の音が少しずつ混じっていった。そのまま、スイッチの下に座り込んだ。

6.改札器官 TURNSTILE ORGAN

一瞬だけ生じたスイカネット通信の歪《ゆが》みを、甲府にいるケイハも観測していた。それは静かな池に小さな石を投げ込んだような、同心円状に広がるノイズとして検出された。

ケイハは自分が権限を確保しているスイカネット・ノードを相互に通信させて、横浜駅全体のネットワーク状況を常に監視していた。キセル同盟の健在時に比べると、確保できるノードの数は一%以下になり、京都から甲府の間に細い線を描いていた。それは彼女自身の一年にわたる逃避行の足跡でもあった。

新たに確保ノードを増やすことは困難だった。正規の Suika をもはや持たず、使える計算資源も自分の身を護る ICoCar システムに費やされる。そして信頼できる仲間たちももういない。今できるのはせいぜい、この細い線の上で情報を集め、自動改札の動きに多少の干渉をし、ネットワーク状態を監視することくらいだ。

そのネットワークに、ごく数秒の間、わずかなノイズの波紋が、静かな池に石を投げたように広がったのが分かった。波紋が駅全体に達すると、また何事もなかったかのようにいつもの通信状態に戻った。

同心円の中心には、42番出口がある。

「作動したみたいね」

ケイハはマイクに向かって話しかけた。マイクは巨大計算機クラスタに接続され、その内部には複写されたネップシャマイの主記憶装置がある。

「あなたの会社が、どういう意図でこの場所のことを伏せているのかは知らないけど、とにかく彼は到達したわ。今回は私の勝ちよ」

やはり反応はなかった。物理シミュレータのエネルギー値が、最初よりもずっと上がっている事に気づいた。スキャン精度の不足のせいか、構造が安定していないようだった。

ケイハが渡した端末には位置情報送信の機能もあった。彼が42番出口に到達し、その数十分後に波紋が起きた。それから数時間が経ったが、彼はまだその場所から動いていなかった。

◆

「ご苦労だった。統合知性体の最後のユニットである横浜駅が消滅すれば、保守管理主体である私は自動的に削除される。まったく、長い仕事になったものだ」

頭上のディスプレイから声が聞こえる。

「しかし驚いたな。スイカ体を持った人間がこんなにも殖えていたとは。領土を奪われたらすぐに奪い返すのが原則だというのに」

「……どういう意味だ？」

床に座り込んだままヒロトが言ったが、返事はなかった。頭上を見上げると、既に画面は消えていた。サーバー群のファン音も止まり、やがて電灯も消えた。

あたりは暗く、静かになった。

寒くはなかった。駅構造で完全に覆われたこの部屋の温度は、エキナカと同一に保たれていた。だが震えが止まらなかった。まるで体が熱量をすべて消費して、そのまま消えていくことを望んでいるようだった。

逆位相遺伝界が駅全体に広まるには、数年か数十年かかる、と言っていた。少なくとも、すぐにこの建物が倒壊して脱出ができなくなるといったことはなさそうだった。

だがヒロトは動けなかった。自分がここで動き出すと、何か考えるべきでないことを考えてしまいそうだったからだ。

ピロロロロ、という電子音が響いた。聞いたことのない音だった。

この部屋のどこかの機械が動き出したのか、と思ったが、背後のサーバー群にその様子はなかった。しばらくして、音が自分のカバンの中から鳴っていることに気づいた。ケイハの端末だった。

画面には「音声通信着信中」とある。

「短期経路確保だからあまり長い話はできないわ。早くそこから逃げて」

端末を耳にあてると、ノイズの多い声が聞こえる。

「ケイハか」

「ええ。あなたはもう八時間もそこに居るのよ。どうして動かないの？　何かに捕まってるの？」

「八時間？」

ヒロトは端末に表示された時計を見た。夜の一〇時だ。保守管理主体と話して、スイッチを入れるまでの時間は、三〇分にも満たなかったはずだ。

彼は小さく深呼吸をして、それから言った。

「駅は全て崩壊する。ここにはそういう設備があった。おれがそのスイッチを入れた」

「知ってるわ。音声がこっちにも届いてるから」

「なあ、あんたは全部知っていたのか。この場所に何があって、」

少しの沈黙。

「全部じゃない。でも、予想はついていた。あなたのいるその場所には、この横浜駅にとって重大な、おそらく致命的な何かがあるって事を」

「どうして言わなかったんだ？」

「甲府でその場所について説明していたら、あなたがその場所に行かないと思ったの。あの時点でのあなたには、おそらく駅を崩壊させるなんて事はできない。でももう三日もエキナカを動き回れば、考えが変わる可能性があった。それに賭《か》けた」

少しの沈黙。

「ひどいやつだな」

「言ったでしょ。私は誰よりも身勝手だって。自分の目的の達成を一％でも妨げることはしない」

「なあ、おれはこの五日間で分かったんだが、あんたのように強い意志で目的を達成する事はできない人間だったみたいだよ。頼まれた仕事をやっただけで、もう動けなく」

「グズグズ言ってないで早く逃げなさい」

自分の言葉を遮ってケイハの叫び声が聞こえた。思わず端末を落としそうになった。

「あのね、あなたは今の私にとって、本当にただ一人の仲間なんだから、ちゃんとそこから逃げて。そこまで含めて私の作戦の範囲内であり、私の責任の範囲内なの」

少しの沈黙。

それからヒロトはすっと立ち上がって、カバンを拾って歩き出した。

42番出口をくぐって、エキナカに戻った。構内の様子はさっきまでと違いはなく、どこまでも無機質なコンクリートの壁が続いていた。だが彼にはもうその灰色が、永劫《えいごう》の象徴として九十九段下の住民の前にそびえ立っていたものと同じには思えなかった。

駅を崩壊させるという重すぎる選択を背負い込んだ彼に、いま新たに飛来したのは、どうしようもない悔しさだった。

故郷からこんな遠くまで来たけれど、結局まわりの人間に振り回されるばかりで、おれは全く主体的な人間になれていない。ただSuikaを持たないという特質に、他人からもたらされた18きっぷや構造遺伝界キャンセラーゆえに仕事を与えられただけだ。これらの道具を除いたら何もない自分がいるのだ。

「ヒーローにも悪魔にもならなくていい、ただひと粒の砂として力を貸して欲しい」

保守管理主体の声が頭にこだました。冷静に考えてみると人を馬鹿にした話だ。確かにおれは特別な力など何もない、砂山の砂粒のような男だ。だが、だからこそ何者かになりたくて九十九段下を出たのだ。

「まだ聞こえてる？　前にも言ったけれど、そこから南に向かって下れば、私がスイカネット・ノードを管理している領域に入れる。まずはそこまで移動して。自動改札は可能な限り遠ざけておく」

端末からケイハの声が聞こえる。

「短期経路がもうすぐ消えるから、一旦《いったん》通信を切るね。目的地が近づいたらまた連絡するわ」

◆

ノイズの多い通信だったが、彼が動き出した音は甲府にいるケイハにも伝わった。

ふう、と一息をつく。18きっぷは明日九時に期限切れになるので、まだ十一時間ある。脱出時間は十分。

この四年間、「キセル同盟」崩壊以来ずっと負け続けだったケイハにとって、久々に掴《つか》んだ勝利の感覚だった。

それからマイクに向かって、

「もしあなた達があの場所についての言及を禁止していたとしたら、少なくとも現時点で、あなた達はこの駅の終焉《しゅうえん》を望んでいなかったという事ね。同じ目的で協力できると思ってたけど、残念」

と言った。マイクの先には複写されたネップシャマイの主記憶装置がある。しかしスキャン精度の不足のせいか、昨日からもうほとんど喋《しゃべ》らなくなっていた。

といっても、それは想定範囲内のことだった。むしろ、あんな物理スキャンでちゃんと意思疎通ができた事が奇跡だと思っていた。もともとの中身がよほど喋り好きだったのだろうと思う。

「でも、今回は私の勝ちね。装置は起動した。統合知性体の過ちで生み出されたものは、きちんと統合知性体の保守機能によって滅びるわ」

計算機クラスタはきゅるきゅると音を立てて回っていた。ケイハがマイクに向かって喋っているのは返答を求めての事ではなく、ただ誰かに自分の言葉を聞いて欲しいからだった。

＞ユキエさんは違います。

「……？」

＞ユキエさんは、ＪＲ統合知性体は、構造遺伝界を生み出しました。目的に基づき、完全に計画です。このように考えています。

「何が言いたいの？　ＪＲ統合知性体は横浜駅の増殖を、今のこの世界を、意図して創りだしたってこと？」

＞はい。統合知性体は、統治者であり、必要は、戦時の混乱において、横浜駅であり、自動改札による統治です。ユキエさんは考えます。

ケイハは全身の血流が加速するように感じた。何かに対して憤りを感じたのは数年ぶりのことだった。甲府に逃げ込む途中で、最後に残った仲間を自動改札に捕縛された時以来だ。

「あなたのご主人がいくら優秀だからって」

顔をしかめて言った。

「私は、そんなの絶対に認めない」

◆

ケイハの言葉どおり、42番出口から南に向かう斜面には自動改札の姿がまったく見当たらない。

エキナカの視界が開けた場所で、こうも自動改札の姿のない光景は珍しい。深夜のためか、人の姿もほとんどない。斜面のずっと下の方に、駅員の服装をした二人の男が昇ってくるのが見えるだけだ。

横浜駅では、ある程度の大きさのある斜面にはどこもエスカレータが生成される。だがその斜度は一種類しかないため、斜度がそれよりも低い場合は、あちこちに踊り場が置かれて斜度が調整される。今ヒロトが下っているエスカレータ列も、あちこちに畳数枚分の踊り場が置かれ、あみだくじのように経路を切り替えることができる。

斜面を昇ってくる二人の駅員は、踊り場につくたびに、ヒロトのいるレーンに近い方に方向転換をしてくる。こちらに向かってきているようだ。近距離で見ると、二人は驚くほど似ていた。背格好も顔つきも同じだ。顔は中性的で、年齢もよく分からない。

ヒロトが今まで見た駅員というのは、だいたい紺の制服に制帽というスタイルだ。だが自動改札と同様に、地域ごとに微妙に違いがあった。彼らの特徴は、腰のあたりから赤いハンカチのような布をぶら下げていることだった。

ヒロトが乗っているエスカレータの先には、円形の踊り場がある。真ん中に巨大な柱があって視界を遮っているが、どうやら放射状にエスカレータが延びているようだ。柱の奥に、二人の駅員が見える。ヒロトを指差して、何か会話をしている。こんな山奥に、それも深夜に一人で何をしているのかと聞かれるのだろうか。よく見ると、男はヒロトを指差しているだけでなく、その手に金属製のものを持っている。そこまで視認した瞬間、

「ぽん」

と腑《ふ》抜けた高音がエスカレータの広がる斜面に響いた。

ヒロトは急速に右脚の力が抜けるのを感じた。そのままバランスを崩してエスカレータを何段か転がり落ち、ごとんと大きな音を立てて腰をついた。何が起きたのか分からなかった。自分の右脚の、膝《ひざ》から下の部分に強い熱を感じる。見るとズボンが赤黒く染まっていた。そこでようやく、自分の脚が撃たれたと気付き、刺すような痛みがやってきた。

「なっ……」

突然の痛みに悶《もだ》えているあいだに、エスカレータは下り、体が踊り場に放り出された。二人の駅員が来てヒロトを見下ろしている。近くで見ても、顔の違いがほとんど分からない。服装もほぼおなじで、唯一の違いは片方が拳銃《けんじゅう》のような武器を持っていることだ。

「動かないでくださいね。いま逃げられると次は足では済みませんから」

銃を持ったほうの男が無表情で言った。おそらく電気ポンプ銃の一種だ。鎌倉でネップシャマイを撃った長銃に比べると威力は小さいようだった。ヒロトが自分の脚から流れる大量の血に大声で喚《わめ》いているのを二人は無視して、

「ではこれで私は勤めを果たしました。ここでお別れですね。後のことはお願いします」

と、拳銃をもう一人の男に渡した。

「ご自分で撃つ必要もなかったのでは？　拘束した者の一人でも使えば」

もう一人の男が言った。声もほとんど同じだ。

「それは無責任というものです。我々は駅の治安を守る者として、自分のやることに責任を持たなければ」

「すばらしい心がけです。しかしこの男で間違いないのでしょうか？」

「はい。先ほど確認したとおりです。スイカネットに瞬発的な振動が発生し、その直後にこの男が現れました。そしてSuikaを持っていません。これだけ揃《そろ》えば十分でしょう」

「もっともな考えです」

銃を渡した男はあたりをきょろきょろと見回した。

「はて、自動改札が来ませんね。どういうことでしょうか」

「災禍が既にここまで発生しているということは？」

「それは非常にまずいですね」

「確認が必要でしょう」

そう言うと男が拳銃を踊り場の柱に向けて発射した。ぽん、と気の抜けた音が響いた。弾丸は柱に衝突してバラバラに砕けた。破片を見ると、どうやら駅員の制服に使われている真鍮《しんちゅう》製のボタンだ。柱には傷ひとつつかない。

「問題はないようですね。自動改札はおそらく何らかの理由があって遅延しているのでしょう」

「我々は長年正しい目的と責任にもとづいて行動しているので、横浜駅から特別な権利が認められた可能性もあります」

「ありえますね」

「となれば、この銃はあなたが持つべきでしょう」

「いえ。私はすでにあなたに仕事を託した身です。たとえ自動改札に遅延があったとしても、それを受け取るわけにはいきません」

「しかしながら」

二人は銃の受け渡しを続けた。その様子を見ているうちに、もうどちらがヒロトを撃ったほうなのか分からなくなった。

「何なんだ、お前らは」

ヒロトが叫ぶと、二人は思い出したように彼を見て、

「おっと、こんなところで話し込んでいる場合ではありませんでした。この男はどうします？」

「連れて行くのですよ。私はなにも懲罰としてこの男を撃ったわけではありません。上で必要になる可能性があるからです。だから脚を狙いました」

「分かりました。時間が経つと状況は悪い方にしかいきません。私が彼を42番出口まで連れて行きましょう」

そう言ってヒロトにやはり無表情で手を差し伸べて
「立てますか？　できれば自分で歩いていただけると助かるのですが」

何がなんだか分からないが、とにかくこの二人が明確な自分の敵であることをヒロトは認識した。もっと早い段階で認識すべきだったのだが、そもそもエキナカにおいて自分に敵がいるということを彼は想像していなかったのだ。

ヒロトは、駅員の差し伸べた手を握ると、そのままぐっと手前に引いた。男は「うっ」と声をあげてバランスを崩して倒れ、反対側の手に握られていた拳銃が床に落ちた。ヒロトがとっさにそれを拾ったが、弾丸となる金属片が装填《そうてん》されていなかった。もう一人の駅員が後ろから拳銃を奪い取ろうとしたので、ヒロトはそれを力の限り放り投げた。拳銃は放物線を描いて数レーン先のエスカ

レータに落ち、上へ昇っていった。

すぐに床に落ちている自分のカバンを拾い、柱の反対側にあるエスカレータを転がり落ちるように下りていった。踊り場には二人の駅員が残った。

「抵抗されましたね」

と立っている駅員は言い、倒れている方に手を差し伸べた。彼はそれをとり立ち上がりながら
「なぜ抵抗されたのでしょうか？　私たちは正しい目的で行動しているはずですが」

と言った。

「分かりません。とにかく私は銃を回収します。あなたは彼を追ってください」

と言い、一人はエスカレータを昇った。もう一人は下った。


ヒロトは必死で逃げたが、脚を撃たれた状態ではほとんどまともに歩けず、踊り場をいくつか下ったところで、ゆうゆうと歩いてくる駅員に追いつかれた。

「抵抗しないほうがいいですよ。ここであなたが私を攻撃すると、あなたが自動改札に連行されてしまいます。それでは我々の正しい目的は達成されません」

「待て、一体何なんだ、お前らは。駅員じゃないのか？」

しかし男は、その質問の意味が分からない、という顔をして
「上に戻りましょう。あなたが不必要に動いたせいで、42番出口から遠ざかってしまったのですよ。時間がかかるほど状況は悪くなります」

と言ってヒロトの腕を掴んだ。そのとき男の背後から何者かが現れた。もう一人の駅員かと思っ

たが、それは自動改札だった。自動改札はヒロトの腕を掴んだままの駅員に
「あなたは駅構内で禁止されている暴力行為を行いました。よって Suika 不正が認定されました。これにより横浜駅からの強制退去が実行されます」

と告げた。男は相変わらずの無表情で言った。

「はい。そのとおりです。私は自分の目的と責任にもとづいて行動しましたので、問題はありません」

自動改札は駅員を金属製のワイヤーで拘束すると、ヒロトに向かって言った。

「18きっぷをご利用のお客様に申し上げます。きっぷの有効期限はまもなく終了になります。終了後は強制退去が実行されます。お客様のご理解とご協力をお願いします」

そう言うと、自動改札は駅員の男を連れて、というよりも並んで歩くように、エスカレータを昇っていった。両者が視界から消えると、あたりはエスカレータの稼働音と「ベルトにおつかまりください」「エスカレータから身を乗り出したり、駆け上がったりするのはたいへん危険です」というアナウンスだけが響き続けた。

ヒロトはしばらく震えていたが、上着をちぎった即席の包帯で脚を止血すると、ふたたびエスカレータを下り、ケイハの指定した位置へ歩き続けた。

◆

18きっぷの期限は残り一時間に迫った。

ヒロトは現在位置を確認する。18きっぷの期限が切れ次第、自動改札が現れてヒロトを「最寄りの駅外」に追放するだろう。現在の位置で捕まった場合、西方向およそ三キロにある、待合室ほどの狭いスペースに永遠に閉じ込められる。確実なゲームオーバーだ。

「私のシステムで自動改札は極力遠ざけているけれど、あくまで時間稼ぎの措置だから。可能なかぎり急いで」と通信端末越しにケイハが言う。

ケイハは自動改札の行動アルゴリズムを概《おおむ》ね把握していた。横浜駅内部における彼らの挙動はごく単純だ。できるだけ均一にエキナカに分布し、侵入者やSuika不正者などが現れた場合は、一定距離以内にいる自動改札が現場に急行する。山間部と都市部とで密度の差はあるが、基本はそれだけだ。

自動改札の制御システムは、特定のプログラマにデザインされたものではなく、構造遺伝界がスイカネット上の必要性に応じて進化させたものに過ぎない。それほど複雑なものには成り得ないのだ。

ケイハの作った攪乱《かくらん》システムは、自身の管理下にあるスイカネット・ノードを使い、指定した位置（この場合はヒロトの位置）の周囲に、多数の自動改札がいるという偽装情報をネットに流すということだ。これならば彼のまわりの自動改札密度が過剰になるため、本物の自動改札はヒロトから遠ざかっていく。

ただ、これは現時点でヒロトが自動改札の排除対象になっていないことが前提だ。18きっぷの期限が切れてから、自動改札の出現までの時間を多少延ばすに過ぎない。先ほどの駅員の捕獲過程がそれを実証していた。もちろん既にSuika不正認定をされているケイハ自身には、このシステムは通用しない。

脚の痛みはもうほとんど感じなくなっていた。ただ失血のためか意識が朦朧《もうろう》とし始めている。ケイハの指定した「目的地」まではまだだいぶある。間に合いそうにない。エスカレータに流されながら、ヒロトは眼を開けたまま夢をみていた。

それは教授がまだ九十九段下の岬に来て間もないころのことだ。まだ頭がハッキリしていて、かわりに言葉がほとんど通じなかったころだ。

「なあ教授、あんたはずっと遠いところから来たんだろ？　故郷はどこなんだ、エキナカか、それとも四国や九州か」

とヒロトが地図を見せると、教授は地図のある一点を指して、なにかを主張していた。九十九段下から少し北のあたりだった。

「ここからそんなに離れてないな。あんたのその訳の分からない言葉は、そのへんの方言なのか？」

数年経って、教授がヒロトたちの言葉を覚えて、代わりに頭のほうが不明瞭《めいりょう》になってくると、「自分はラボというところにいて、ずっと寒かった」ということをしきりに言うようになった。

ヒロトはそれを聞いて、山の中だからおそらく寒いのだろう、と思った。スイカネットで流通する映画で、雪山を探索する男たちのシーンを見たことがある。だが今から考えてみると、横浜駅はたとえ山頂付近でも空調が完備されていて、寒いということはほとんど無いのだった。

「ピーッ」という音がして、ヒロトの意識は現実に引き戻された。彼はエスカレータに座ったまま眠っていたのだった。カバンを見ると、18きっぷの画面には「本券の有効期間は終了しました。ご利用ありがとうございました」という文字だけが無感情に表示されている。全身に緊張が走った。

既に42番出口から続いた下り斜面は終わり、平坦《へいたん》な通路に入っていた。だがケイハの指定した目的地はまだ先だ。今のところ自動改札の姿は見当たらない。ヒロトは18きっぷをカバンに仕舞い、通信端末を取り出した。

「ケイハ、おれだ。期限が切れた。間に合いそうにない」

「そう。一番近い自動改札は経路で一キロ先にいる。一〇分くらい稼いであげるわ。とにかく今は目的地に近づいて」

「わかった」

数分歩くと、山岳地帯の細くて曲がりくねった通路を出て、平地の太くて直線的な通路に移行した。看板には「木曽《きそ》方面」「中津川方面」と書かれている。ヒロトは端末の情報に従い、中津川方面に向かう。

やがて、進路数百メートルのところに自動改札が二体現れた。アナウンス音声を流しながらこちらに近づいてくる。

「お客様の18きっぷは有効期間を終了しています。ただいまより駅からの強制排除が実行されます。お客様のご理解とご協力をよろしくお願いします」

すぐに、反対側の木曽方面からも自動改札が二体現れた。

「18きっぷの再発売の予定はございません。詳細についてはＪＲグループ各社までお問い合わせください」

アナウンスを流しながら迫ってくる。挟み撃ちの格好だ。

「仕方ないわ。そのまま中津川方面に進んで、一歩でも近く」

ケイハの声に従いヒロトは進んだ。意表をついて脇をすり抜けられないかと思ったがそんなことはなく、二体の自動改札は機械的な反応速度でヒロトの行く手を阻んだ。

九十九段下でエキナカに侵入して一二〇時間と十一分、ついにヒロトは四体の自動改札に追い詰められた。

「ただいまより拘束を実行します」

改札のうち一体がワイヤーを延ばし、器用にヒロトの体をぐるぐる巻きにして、両腕で抱きかかえた。予想に反して痛みは全くなく、むしろ歩きづめだったヒロトには快適にさえ感じられた。そのまま、彼を抱えた自動改札の周辺を、他三体が正三角形の位置で囲んで歩き出した。

「ヒロト、聞こえる?」

右手に握られた端末からケイハの声が聞こえる。あらかじめ音量を最大にしておいたのだ。

「ああ。端末の画面が見えないが」

「問題無いわ。今どっちに歩いてる?」

「中津川方面だ」

そう言うと、わずかにケイハの安堵《あんど》の溜息《ためいき》が聞こえた。

「ギリギリセーフね。その経路で行けば、あなたは中津川にある小さな駅孔まで輸送される。その途中に目的地を通る。合図を出すから全力で攻撃して。できる?」

「手元は動く。問題ない」

「一〇秒前からカウントする」

「わかった」

自動改札は二人の会話にまったく頓着《とんちゃく》せずに歩き続けた。そもそも彼らには、会話を理解するような機能は備わっていないのだ。彼がその両手に握っている物についても、何の関心も払わない。

その頃ケイハは、甲府にある自分の店で、ヒロトの移動経路と目的地の位置関係を確認していた。北東から南西に延びる通路に対し、目的地を示す線は三〇度ほどの角度で交差している。許される誤差は一〇メートル程度。スイカネットの位置情報はときどきひどい誤差を出すことがあったが、今は信じるしかない。

「あと少し。準備はいいね?」

「ああ」

「……一〇秒前。九。八」

ヒロトは左手に握られた構造遺伝界キャンセラーのスイッチに指をあてた。出力設定はすでに最大にしてある。電池残量は十六%。すべてを一瞬で使い切るつもりだ。

「三、二、一、ゼロ」

カウントダウンに従い、ヒロトはキャンセラーを自動改札の足元に向けて最大出力で照射した。太陽をエキナカに持ち込んだような強烈な光が木曽・中津川間通路に広がった。反射光で周辺の壁や天井までが溶け出すのが見えた。床のコンクリートは既にすべて溶け去り、その一つ下のフロアの床まで溶かし、通路の幅いっぱいに広がる大穴が穿《うが》たれた。

円陣を組んでいた四体の自動改札はすべてヒロトとともに落下した。ガシャン、ガシャンという強烈な機械音が四つ分周囲に響いた。二フロア分落ちたにもかかわらずほとんど痛みはない。自分を拘束した自動改札がとっさにその関節のバネを使い、ヒロトを落下の衝撃から守ったようだった。

落下した場所は、覚えのある独特の湿気とカビ臭さがあった。

「超電導鉄道……ここまで通っていたのか」

それは、かつてヒロトがネップシャマイとともに甲府に侵入した通路だった。横浜駅の拡大よりもはるか昔、冬戦争以前の高度文明時代に人間の手によって作られ、構造遺伝界を阻む超電導物質によって横浜駅の拡大からも守られてきた巨大トンネルだ。

「ええ。そこはもう横浜駅の外よ。もう自動改札は追ってこないはず。ずっと西へ行けば、名古屋を通って伊勢《いせ》湾に出られるわ」

ケイハの安堵の混じった声がトンネルに響く。

落下した四体の自動改札のうち、三体はその四肢を回転させながら衝撃を吸収し、無傷でトンネルに着地していた。だがヒロトを拘束していた一体は腕と首が完全に折れており、ケーブル部分が露出していた。その手足は陸に上がった魚のようにぴくぴくと震えている。

おそらくヒロトを庇《かば》うために、適切な姿勢制御フェーズを取れなかったのだろう。ヒロトは申し訳なさを覚えながらも、折れた腕から延びる拘束ワイヤーを解《ほど》いた。

生き残った三体の自動改札は、何かを探すように首や手足を振り続けたが、やがて
「位置情報が不正です。改札機能を実行できません」

「位置情報が不正です。改札機能を実行できません」

「位置情報が不正です。改札機能を実行できません」

と、わずかにタイミングをずらして同じ音声を発した。トンネルの反響のせいで、異様に重なっ

たエコーが響き渡る。

「改札プログラムを終了し、通常モードに移行します」

それから三体は前方に倒れ込んで、両腕を地面についた。まるで土下座するような姿勢をとった。頭部のディスプレイが熟した果実のようにぽとりと床に落ちて、ちょうど四本足のテーブルのようになった。

「通常モードの初期設定を開始します。この作業には数分かかる場合があります。少々お待ちください」

三体の自動改札はそう言ったきり手足の動きを止めた。代わりにその体内で、何かガシャガシャという金属が擦《こす》れ合う音が聞こえる。内部構造を作り変えているようにも見える。

「待ってくれ。ケイハ、聞こえるか？　やつらの様子がおかしい」

「……聞こえるわ。すごくイヤな予感がする。とにかくそこから逃げて」

ヒロトは走りだした。だがやはり脚が言うことを聞かず、ほとんど早歩きの速度しか出ない。

自動改札は、侵入者やSuika不正者を駅外に排除する存在だ。だが自動改札自体が駅外に出たらどうなるのか。ずっと駅の外で生きてきたヒロトも、そんなことは一度も考えたことがなかった。

彼らがいる場所がエキナカなのだ、と思っていた。

ヒロトが走り去った数分後、自動改札はふたたび動き出した。

「戦術ノードとの通信を確立しています……戦術ノードが見つかりません」

「衛星からの電波を待機しています……電波が受信できません。屋外への移動経路を探索しています……屋外への移動経路が見つかりません」

「上位命令系統からの指示が検出されません。本機はこれより自己防衛フェーズに移行します」

「小隊内の一体が破壊されました。敵軍はすぐそばにいるものと予想されます」

「応援を要請します。付近の機体の応援を要請します」

三体の自動改札は、四本足の姿勢のままで、ヒロトの逃げたほうに向かって歩き出した。

◆

ケイハの感じた「イヤな予感」、それは彼女自身が以前から薄々考えていたことだ。横浜駅の各地に存在する自動改札の生産工場。複雑きわまるその設備は、横浜駅が自分で生み出したものではあり得ない。つまり横浜駅のほかの建築物と同様に、かつて人の手によって作られたものが、構造遺伝界に取り込まれて複製されたことを意味する。

では、なぜ横浜駅以前に自動改札が存在したのか？　おそらく、ほかの目的で作られた機体に、スイカネットが制御プログラムを上書きすることで、横浜駅の治安維持を担うシステムに転用したのだ。計画性を欠き場当たり的な進化しかしない構造遺伝界が自動改札のシステムを生み出せた理由は、それ以外にあり得ない。

となれば、自動改札はもともと何だったのか。冬戦争の最中に数多くの産業機械が開発されていたというが、その多くは自律的な移動能力を持つものではない。また人間のような四肢を持つ自動改札のデザインは、横浜駅のような平坦な床を目的に作られたものではない。不安定な環境での活動を目的としていたものだ。たとえば戦場のような。

以上の推測を踏まえてケイハは言った。

「これはあなたの……いえ、ユキエさんの意見への反証よ」

ケイハはマイクに向かって言った。マイクの先には、複写されたネップシャマイの主記憶装置が接続されている。

「JR統合知性体が自らの意思で横浜駅を生み出したというなら、自動改札のシステムも一緒に生み出したはずよ。そのほうがずっと高度で頑健なシステムになったはず。わざわざ人間のロボット技術を転用したのは、横浜駅が統合知性体の意図に反して拡大した証拠よ」

それは長い間自動改札のシステムを欺き続けたケイハの実感としても言えることだった。

ケイハは自分の技術力に自信を持っていたが、それはあくまで現代の話であり、冬戦争やそれ以前のインターネット時代の技術者たちには数段劣るだろうと考えていた。そんな自分が太刀打ちできる以上、自動改札のシステムはそれほど高度なものとは言い難い。少なくとも、人間以上の何かが生み出したものではあり得ないのだ。

だがJR北日本の工作員は、数秒の間をおいてこう答えた。

〉必要があります。起動手順のそれをしてください。送信です。

「……？」

ケイハは最初その言葉を自分への返答として解釈しようとしたが、すぐ違うと気づいた。この複製された知性は、何か別のことを訴えようとしている。

「起動手順？」

〉配線はAAT互換です。急いで下さいが必要です。不安定な電波です。

「ＡＡＴ互換の配線？」

　ＡＡＴ互換の配線と言われて心当たりがあるのはひとつだけだった。ネップシャマイが超電導鉄道を制御し甲府まで来たときの配線だ。彼の電力が切れる直前に用いられた記憶であるため、ほぼ完全な状態で短期記憶領域に保存されていた。

〉起動手順、送信してください。急いでででででで
「ちょっと待って、どうしたの？」

　だがモニターに出る文字はそれきり止まった。ケイハが何を話しかけても、もう何も答えなかった。コンピュータ自体は動いているのだが、その内部で再現されたネップシャマイの主記憶装置は、もはや彼女の言葉を言語として把握できなくなっていた。

　ケイハの複製したネップシャマイの主記憶装置はスキャンの精度が不足していたため、演算とともに数値誤差が蓄積され、知性としての機能を為さなくなっていた。

　複写時点でのデータを使っての再構成は可能だが、こう長く莫大《ばくだい》な計算リソースを費やし続けるのは、彼女自身の安全の上でもハイリスクだった。この店の計算機の多くは本来、甲府において自動改札を避けるICoCarシステムに費やされるべきものだからだ。

　ケイハはそう判断し、このシミュレータを止めた。


「人影を確認しました」

「警告します。止まらないと発砲します」

　自動改札の声を背後に聞きながらヒロトは走り続けた。電灯のないトンネルは暗い。

追ってくる三体の改札は、両腕を地面につけて四本の脚で動いていた。自動改札がそんな風に動くのをヒロトは初めて見た。だがどういうわけか、その姿がより自然であるように思えた。

銃声が響き、自分のすぐ左側の壁がばんと弾《はじ》けた。背後を一瞥《いちべつ》すると、三体の自動改札がこちらに向かってくるのが見える。うち一体は胴体の扉の部分から小さな筒をこちらに向けている。ボディ内部に銃が装備されていたのだろう。残りの二体は何も持っていない。扉の部分を開いているが、機械部分が露出しているのが見えるだけだ。

「攻撃用デバイスが認識できません。直接捕獲に入ります」

「攻撃用デバイスが認識できません。直接捕獲に入ります」

と銃を持たない二体が口をそろえて言う。残りの一体はさらに何発か発砲した後に、

「可視光量が不足しています。ターゲットの位置が確定できません。赤外線を使用します。赤外線検出器が装備されていません」

と言い、すぐ後にまた発砲音が響いた。トンネルの右側の、ずいぶん見当違いなところに穴が開いた。こちらの位置が見えていないらしかった。

あまり意識したことはなかったが、一体一体の自動改札の動きは思ったよりも遅い。ボディが厚い金属装甲で覆われているため、人間が全力で走れば十分逃げられる程度の機動力なのだ。普段の彼らは横浜駅に遍在しているため、数にものを言わせてターゲットを包囲して捉《とら》えるのだ。少数が相手であれば人間にも勝ち目がある。

しかし持久力勝負となると話は別だ。ただでさえ脚を撃たれて走れないヒロトに対し、自動改札の方はいくら動いても疲れる様子はない。エネルギー源が何なのかは分からないが、戦場での活動

を想定しているとすれば、相当に長時間活動できることは間違いない。

ついに体力の限界に達し、ヒロトは足元に置かれていた金属板の上にへたり込んだ。冷たさが下半身に伝わってくる。自動改札の一体が数秒ごとに発砲し、どこかの壁や床にあたってコンクリートに小さな穴が開く。狙いはまったく不正確だ。だが、足音が近づいてくるのに合わせて、少しずつ照準が合ってくるのが分かる。

おれはここで死ぬのか、と思った。

少なくともそれだけの事はやった。人を何人も死なせたし、その上、この横浜駅を全て消し去るというスイッチを入れたのだ。これから数年かけて、逆なんとか界というものがじわじわと駅全体に浸透して、人々の住居を不当に奪っていくのだろう。

エキナカの住民からすればとんでもない厄災だ。こんな何もないトンネルで人知れず死ぬ程度の罰は受け入れようと思う。

ただひとつ欲を言えば、カバンの中に入っているネップシャマイの電光板のことが気になった。こいつを何とかして助けてやりたかった。せめて甲府にいるケイハに託しておくべきだったのだろうか。

なんてことだ。おれは駅に住む山のような住民よりも、ひとつの機械のことが気になっているわけだ。明らかに人として足りていない。ついでに機転も足りていない。ヒロトはいよいよ笑い出しそうになった。

顔をあげると、三体の自動改札のうち一体が、暗いトンネルの中でもはっきり見えるところまで追いついてきていた。

「警告します。止まらないと発砲します」

そう言って自動改札はヒロトに銃を向けた。

「止まってるだろうが、このポンコツ機械が」

ヒロトは床に座り込んだまま悪態をついた。

「警告します。止まらないと発砲します」

自動改札はまったく同じトーンでもう一度言った。

「勝手にしろ」

その「ろ」を言い終わらないうちに、ぱあん、という甲高い音がトンネル内に響いた。鼓膜を突き破りそうな巨大な音だった。

自動改札の前半身が吹き飛んで、がしゃんと音を立てて数メートル向こうに落下した。切断面から火花が散り、煙がしゅうしゅうと上がっている。

暴発？

ヒロトが背後を見ると、そこに別の人影があった。一瞬、トンネルの反対側からも自動改札が来たのかと思った。だが、それは人間だった。

小型のスクーターの上に、横向きに長銃が括《くく》り付けられていた。一人の小柄な、自分と同じくらいの年齢の男が、銃口を自動改札のほうに向けていた。

「お前は何だ」

銃を構えた男がヒロトに聞いた。

◆

「お前は何だ」

久保トシルはそう言いながら、銃撃用の耳栓を外した。最大出力で使うときは必ず耳栓を使うようにしている。こんなトンネルでは尚更《なおさら》だ。

「た……助けてくれたのか？」

ヒロトは爆音による耳鳴りを堪《こら》えながら言った。

「おれはただの旅行者だ。ここからずっと東の岬から来たんだ。18きっぷを持ってエキナカに入ったんだが、期限が途中で切れて、なんとか脱出するためにこのトンネルに」

「そんなことは聞いてない。お前は何だ？　人間か、機械か、それとも幽霊的な何かか」

「人間だ」

ヒロトは答えた。

「おれは……人間だ」

そう言うと、トシルは目の前の男にもう興味をなくしたらしく、前半身を吹き飛ばされた自動改札のほうに向かった。引きちぎられた断面から、いくつもの回路と機械部品が覗《のぞ》いている。

「これも自動改札なのか？　海峡で見たやつとはだいぶ形が違うな」

とつぶやいた。裂けた体内からは赤外線スコープが出てきた。本来、暗闇で標的を見つけるためのはずのその装置は、レンズが身体の内側を向いていて、しかも回路が接続されず、まったく役に立たない状態で固定されていた。

それは自動改札がかつて備えていた機能の名残だった。洞窟《どうくつ》で暮らす生物が進化の過程で徐々に視力を失っていくように、横浜駅の長い進化の過程で、改札機能に必要のない装置は失われ、その痕跡《こんせき》だけが残っているのだ。

「なんだこりゃ。くそ気持ち悪いな」

トシルは汚物を触るような手つきでスコープを引き剝《は》がすと、銃の衝撃で飛び散った小さな金属部品を素早く集めて、スクーターの方に戻って、耳栓を入れ、金属部品を長銃に装填《そうてん》し、向かってくるもう二体の自動改札に照準を合わせた。

「こういう機械は撃っていい」

ぱあん、ぱあん。

破裂音が二つ響いて、残り二体の自動改札が爆発するように弾け飛んだ。標的が動いているにも拘わらず、開いた扉の部分に正確に弾を命中させていた。装甲が薄い分、その場所を狙えば一発で動きを止められる。

ヒロトはじんじん響く耳鳴りに耐えながら、目の前の男が使っているものが、鎌倉でネップシャマイを撃ったのと同じ、電気ポンプ銃であると理解した。しかし、破壊力も命中精度もまるで別物だった。

トシルは気持ち悪そうな顔をしながら、最初に撃った自動改札の回路を引き剝がし、使えそうな部品を探した。

「誰だか知らないが……助けてくれたのか。ありがとう」

ヒロトはそう言って頭を下げた。トシルは耳栓のせいで聞こえていなかったが、どうやら礼を言っているらしい、と理解した。

「そうか、これは人助けという事になるのか。なるほど」

とトシルはヒロトの方を見ずにつぶやいた。独り言だった。それからハイクンテレケの事を思い出した。あなたには説明しても分からないよ、とあいつは言っていた。

「やっぱり分からん。これが何になるんだ」

久保トシルが徳島で超電導鉄道の入り口を見つけたのは三日前のことだ。大阪から神戸を通って、淡路島を渡って四国に至る経路だったが、戦争激化によって計画は中断し、入り口だけが剝《む》き出しの形で、森の中の小さな丘に埋もれていた。

トンネル内部は舗装もされていて、そのうえ電力も供給されているので、電動スクーターで走るには極めて快適な場所だった。

食料とすべき植物がほとんどなく、そのへんに生えているコケを触媒ボトルで分解して飲むしかなかったが、その点に目をつぶれば、おそらく今までの人生でいちばん快適な場所だった。誰もいないし、どこまでも続いている。

自分の行きたかった宇宙に少し似ているな。トシルはそう思った。

そこに突然、人間が一人と、自動改札が三体も現れたので、気分を害さない訳にはいかなかった。

ＪＲ福岡の海峡防衛戦の際、射出される連絡通路からこぼれ落ちた自動改札が回収されることは時々あった。それらは軍事部門から技術部門に回され、内部構造の調査が行われる。トシルはそれを見るたびに思っていた。こんなグロテスクな設計をするやつの顔が見たい。いや、なるべくなら見たくない。

もちろん、顔のある設計者というのは存在しない。もともとは居たのだろうけれど、場当たり的な変化を繰り返す構造遺伝界によって、合理性というものが少しずつ失われているのだ。

不気味の谷、という言葉がある。ロボットの外観をある程度人間に近づけると、人間はだんだんそのロボットに好感を持つようになるが、完全に人間と一致する直前に、急激に好感度が下がることがあるという。

トシルはそもそも人間に好感を持つことは無いので、ロボットの造形に対してそんな谷は存在しなかった。だが機械の設計にはあった。あの自動改札というものは、まさにそういう不気味な機械だ。

少なくともこんなトンネルで出会いたいものじゃない。

こういう場所では、あの機械少女みたいな愉快なモノに出会えたら楽しいだろうに。

「おい、お前」

トシルはヒロトに言った。顔はヒロトに向けていたが、目線はどこか違うところを見ていた。

「助けてやったから何かをよこせ。食うものが一番いい」

「ああ、分かった。ちょっと待ってくれ」

ヒロトはカバンを開いた。食料は少し余計に持ってきていた上に、何度か外食をしたので、まだいくらか余裕があった。

そのとき、カバンの中に入っていた機械がごろんと地面に落ちた。ネップシャマイの電光板だった。少し斜面になっている地面をごろんごろんと、トシルの足元まで転がっていった。

トシルはそれを拾い上げた。

「すまん、返してくれ。それはおれの知り合いなんだ」

ヒロトは言いながらおかしな言葉だと思った。だがトシルはそれを無視して、電光板の構造をじろじろと見回した。表面のケースを開いて、中に収められているネップシャマイの主記憶装置を見た。その脇には、JR北日本を意味するキツネのマークが小さく刻印されていた。

「おい、どういう事だこりゃ」

トシルは言った。

「聞こえてるか？　今度は脚だけじゃなくて丸ごとやられたのか？　おい。しょうがねえやつだな」

電光板の反応は無かった。電力がもう残っていないようだった。

「お前、こいつのボディはどうしたんだ？」

トシルが言った。

「駅員に銃撃されたんだ。そいつらが持っていった」

そう言うと、トシルはそこではじめてヒロトの顔を見た。

「どこだ」

「鎌倉」

トシルは端末に地図を表示し、鎌倉の位置を確認した。関東地方にあると分かって苦い顔をした。

「くっそ遠いな……まあいい。また助けてやる。この場所はエキナカか？　厄介だな。まあ何とかなるだろ」

「助けられるのか？」

ヒロトは言ったが、トシルは返事もせずに電光板をスクーターのシートポケットに入れた。

「なあ、もし助けられるなら、これも持っていってくれないか。元々、そいつのものなんだ」

と言って、電池の切れた構造遺伝界キャンセラーを渡した。

「あと、これもだ。使い終わったら、そいつに渡す約束をしていた」

と言って、18きっぷを渡した。トシルはその二つを黙って受け取ると、またじろじろと全体を眺めた。少なくとも目の前にいる男よりは興味深い、という顔をしていた。

それから黙ってその筒と端末を、電光板と一緒にシートポケットに入れた。スクーターのモーターを起動して、ヒロトが来た方向に走って行った。

すぐにスクーターはヒロトの視界から消え、静かになった。周囲には倒れた三体の自動改札だけが残された。

よく分からないが、状況は良い方向に向かったと考えるべきだろう。あとはあの男を信じるしかない。なぜかヒロトは、出会って三分も立たずに去っていったあの男が、全面的に信用できるように思えた。

トンネルの向こうからまた光が見えた。遠くから何かが近づいてきているようだった。

「上位命令系統からの指示が検出されません。本機はこれより自己防衛フェーズに移行します」

「小隊内の一体が破壊されました。敵軍はすぐそばにいるものと予想されます」

さんざん聞き慣れた女性の合成音声だ。自動改札だ。脱出のときに落下した四体はすべて破壊されたはずなのに、まだ追手が来るようだった。

カバンの中に唯一残っていたケイハの端末は、「圏外」と冷たく伝えていた。トンネルが地中の深いところに潜って、もうエキナカのスイカネット電波は届かない。

その下には「新着メッセージ一件」とある。受信時刻を見ると、どうやら自分たちがトンネルに落ちた直後に送信されたものらしい。

〉超電導鉄道 起動用シーケンスプログラム
〉AAT規格のケーブル（端子の形状は画像を参照）を入手してこの端末を車両と接続，添付のプログラムを起動すること．２K

内容はこれだけだった。だが言いたいことは分かった。

ネップシャマイと自分が甲府に来たときに使ったような「車両」が、このトンネルのどこかに落ちているはずだ。それとこの端末をつなげば車両が動き出すということか。この状況を見越してプログラムを送ってくれたのだ。さすがの周到さだ。

となると問題はケーブルだ。こんなトンネルの中で生きてるケーブルを入手できるとしたら、目の前に転がっている自動改札しかない。

ヒロトは二つに裂けた自動改札の半身に駆け寄った。暗いトンネルの中では、ケイハの示した端子の形状まではよく分からない。開いた扉の部分から、とにかくケーブルと思われるものを次々と外して、カバンの中に無造作に突っ込んでいった。

エキナカに潜入してからの五日間、なにもかもが未知の体験だったが、自動改札の中身を物色するという事態の異常さに彼は目眩《めまい》を起こしそうになった。自分たちの可能性を阻む象徴であったこの機械から、今は生き延びる手段を探っているのだ。

カバンの中に黒いケーブルの山が詰め込まれた。甲府で見たケイハの和箪笥《だんす》を思い出した。これだけあれば一本くらいはアタリだろう。あとは「車両」を探すだけだ。ヒロトは走り出した。

新手の自動改札の声はまだ遠いが、確実に何体かはこちらに近づいてきている。考えてみればおれは連中にとって親の仇《かたき》のようなものだ。どうあってもここで殺すつもりなのかも知れない。

駅の明確な敵意を感じる。生きようと思った。

◆

トシルがスクーターをしばらく走らせると、徐々にトンネル内が明るくなってきた。天井に巨大な穴が開いていていて、上から光が漏れてきているようだった。

「なんだこりゃ。爆発事故か」

穴から上を見たが、そこにあるのは見慣れた青空ではなく、「中津川方面」「木曽《きそ》方面」と書かれた案内板だった。そうかそうか、ここは横浜駅の真下なのか。

トシルはその人生で、エキナカを直接見るのは初めてだった。

少なくとも、徳島で作りかけの駅構造を見たときのような不快感はなかった。完成している構造とは何かが違うのだろう。この駅構造というものが、ずっと遡《さかのぼ》れば、明確な人間の理性にもとづいて設計されたせいかもしれない。

しかしこの巨大な穴はなんだろう？　構造遺伝界を含んだエキナカでこんな巨大な穴を開けるには、相当な火力が必要なはずだ。ＪＲ福岡なみの武力を持った勢力が、エキナカにも存在しているという事だろうか。軍事部門が聞いたら顔を青くすることだろう。

穴の縁のあたりには、自動改札が何体もうろうろしている。移動アルゴリズムに従って進みたいのに、通路を塞《ふさ》がれて立ち往生しているらしかった。

さて、最終的に鎌倉に至るためには、どこかでエキナカに入る必要がある。あそこまで登って侵入できないだろうか？

だが通路が狭く段差の多いエキナカでは、スクーターで動くのは得策ではない。そもそも一〇〇キロ近い車体を持ち上げる方法が思いつかない。やはりこういう場合は、小型で二足歩行のボディのほうが便利そうだ。あれは合理的な設計だった。

足元を見ると、腕と首の折れた自動改札が一体倒れていた。金属製のワイヤーが手足に絡みついていた。まったく動かないが、何か小さな音を発している。耳を澄ましてみると、

「応援を要請します。付近の機体の応援を要請します」

とつぶやいているのが聞こえた。

その時だった。上の階にいた自動改札の二体が、同時に超電導鉄道のトンネルまで落下してきた。がしゃん、がしゃんと重い機械音を立てて着地した。それから、

「位置情報が不正です。改札機能を実行できません」

「位置情報が不正です。改札機能を実行できません」

「改札プログラムを終了し、通常モードに移行します」

「改札プログラムを終了し、通常モードに移行します」

「通常モードの初期設定を開始します。この作業には数分かかる場合があります。少々お待ちください」

と言って前方に倒れ込むと、頭部のディスプレイをぼとり、ぼとりと落として、四本足のテーブル型になった。

「まずいな」

トシルはつぶやいた。上を見ると、また別の自動改札が寄ってきているようだった。

どうやら、この壊れかけた自動改札が、エキナカからどんどん新しい仲間を呼んでいるらしかった。

そして彼らがこの超電導鉄道のトンネルに下りるたびに「通常モード」に移行しているのだった。

「なんかよく分からんが、まずいなこれは。回避だ」

そう言ってすぐにスクーターで走り出した。闇の中ではあまりスピードが出せないが、時速三〇キロも出せば自動改札を振り払うには十分だった。

最終的に鎌倉に行くためには、どこかでエキナカに侵入する必要がある。どこかで生体電気技師でも捕まえて、Suika の導入を頼めないだろうか。Suika が欲しいと思ったのは人生で初めてだった。

だが対価にするものがない。長銃は絶対に渡せないし、スクーターがエキナカで売れるとも思えない。逆にエキナカに侵入せずに、ボディを奪い返す方法がないだろうか。

「なんにせよ必ず助けてやるぞ、ハイクンテレケ」

そういえば、さっきの変な男から食い物を貰《もら》うのを忘れていたな、とトシルは思った。まあ別に構わない。

◆

同時刻、ハイクンテレケは和歌山にいた。徳島でトシルと別れて三日後、淡路島から神戸を経て、大阪湾沿いに紀伊《きい》半島を南下しているところだった。

「ハイクンテレケ、聞こえるか」

ＪＲ北日本の本社から、スイカネットを経由して、担当技官の帰山の声が届いた。それは空気を震わす音声ではなく、データの形でハイクンテレケの主記憶装置に直接入力されたものだ。思わず返事をしそうになったが、どうやらリアルタイム通話ではなく、音声データをまとめて送ってきたものだ。

「昨日の昼頃に妙な現象が起きたので報告する。ごく一瞬だが、駅全体で今まで見たことのない波形のノイズが観測された。最初は地震かと思ったんだが、物理センサーの方に反応がないんだ。何か大きな変動が起きる前兆かもしれない。用心してくれ。自動改札の挙動は可能なかぎりこちらでもチェックしているが、今のところ妙な動きは起きていない。免疫記憶に関しても問題はない。だが、なるべく海側に出る経路を確保しておいてくれ。以上」

送信時刻をチェックすると、三時間ほど前のものらしかった。現時点ではＪＲ北日本は紀伊半島のスイカネット・ノードを十分に確保していないので、リアルタイムの会話はできない。というより、それを確保するのが自分の仕事だ。

「ハイクンテレケです。こちらは今、和歌山です。目視で分かる異常はこちらでは見られません。音声や他のセンサーも特に反応していません。可能な限り用心し、引き続き太平洋沿いのノード確保任務を続けます。以上」

と報告した。これも実際に音声を出したわけではなく、データを通信モジュールに送って、スイカネットに送信しただけだ。

本社との業務連絡は、口を動かさずに喋《しゃべ》れるのがいい。ハイクンテレケはそう思っていた。人間と会話するときは、いちいち音声を出すのと口の動きを同期しなければならず、彼女はこれがひどく苦手だった。合わせなければいけないと思うことで、かえってズレていくのだった。

シャマイのやつは、よくああも器用にぺらぺらと喋るものだ。補助記憶装置に収められた彼の喋り方を呼び出してみると、よく見ると彼の喋り方も微妙にズレている。でも彼はそんなことはお構いなしに喋るので、よく見ないと気づかないのだ。思い出すだけで少し苛立《いらだ》ってきた。

エキナカに再入場してから三日間、ずいぶん動き回ったけれど、今のところ脚の動きに問題はない。あのＪＲ福岡の元社員はたいした技術者だ、とあらためて思う。

◆

床がカンカンと金属音を立て、トンネル内に騒がしく響く。新手の自動改札とはまだ少し距離がある。喉《のど》が渇いた。

ヒロトは歩きながらカバンの中をまさぐった。水を取り出すと、ボトルが潰《つぶ》れている事に気づいた。蓋《ふた》をあけるとぷしゅっと音を立ててトンネル内の空気がボトルに取り込まれた。

前にこのボトルを開けたのは確か、42番出口を去る少し前だった。あそこから水も飲まずに一気に下ってきたのだ。

「そうか」

とつぶやいた。あの場所で感じた、不自然な息苦しさを思い出した。

「あれは気圧の違いだ。山の上はもともと空気が薄いんだ」

そう言いながら水を一口飲んで、小さく笑った。

ずっと昔、教授だったか、それとも村の別の大人だったかに、「富士山の頂上は気圧が低いから、息が苦しくなるし、水が沸騰しやすい」と教えられたことがあった。まさか自分の人生でそんな知識を使う日が来るとは思わなかった。太陽光も雨も届かず、気温変動の少ない横浜駅層状構造の下でも、気圧だけは律儀に自然界の法則に合わせて動いているのだ。

足元の金属板を見た。トンネルの途中で足場がコンクリートから金属板に変わったのか、と思っていたが、これは甲府への移動に使った「車両」ではないだろうか？

甲府のときに使ったタタミ一枚分のものより遥《はる》かに長く、大型の貨物輸送に対応しているようだったが、前方のカバーを開くと、見覚えのある端子群が現れた。

拾い集めたケーブルのうち、端子の形に合うものを一本ずつ探した。四本脚の自動改札の足音と銃声は少しずつ近づいてきていたが、どういう訳かほとんど気にならなかった。自分はここから生きて脱出できる、と強く確信していた。

最後のケーブルを上下反転させ、ようやくケイハの端末と接続ができた。端末のプログラムを起動すると、黒い画面に白い文字が大量に流れて、それから金属板は「すっ」と一センチほど浮いたかと思うと、そのまま音もなく前方へ加速しはじめた。

空気がものすごい勢いで顔にぶつかってきて、耳元ですさまじい音を立て始めた。手に握った金属板がどんどん食い込んできた。背後で自動改札の発砲音がぐんぐん遠ざかっていくのが聞こえた。

数十分後、眼前で金属板が水しぶきを上げ始めた。一瞬トンネルの中に水が溜《た》まっていたのかと思ったが、それは違った。トンネル自体が水中に突っ込んでいるのだ。その匂いはヒロトにとってごく馴染《なじ》みのあるものだった。横浜駅に入って以来五日ぶりの、海の匂いだ。

◆

冬戦争時代に継続的な重力攻撃に晒《さら》された名古屋は、都市全体が二〇メートルほど陥没し、かつての三大都市の一角は、いまや地上八階部分までが伊勢《いせ》湾の底に沈んでいた。

だが皮肉にも、この災禍が結果的に名古屋という都市を今に伝えることになった。海水が構造遺伝界の侵入を阻んだからだ。

東京や大阪の建築物はすべて構造遺伝界に取り込まれて横浜駅化し、設計者の想定とは似ても似つかぬ姿に変貌《へんぼう》していた。だが名古屋は本州の都市のうちで唯一、横浜駅で覆われる以前の姿をとどめている。

伊勢湾周辺の地域は常に、この古代都市の遺跡を求める人で賑《にぎ》わう。といっても、海面から数百メートルも飛び出した廃ビル群を見て、それが人間の手で建てられたものだと信じる者は少ない。横浜駅で暮らす人間たちは皆、建築物というのは自然に生えてくるものだと思っているのだ。

観光客はエキナカからこの都市を眺めるだけで、船で近づくような真似《まね》はしない。ただでさえ駅の住民は外に出るのを嫌う上、建物が崩落する危険があった。このため、フジツボの貼り付いた廃ビルの地上九階部分に打ち上げられたヒロトを見つけたのは、伊勢湾で活動する非 Suika 所有者の兄弟だった。

「おーい、そこのお前、生きてるか?」

遠くからの叫び声でヒロトは意識を取り戻した。ボートのモーター音も聞こえてくる。振り向くと、二人の男がこちらに近づいてくるのが見えた。

「兄貴、やめとけよ。こいつきっと追放者だ。エキナカの連中に関わるとろくなことがない」

「バカ言え。エキナカで育ったやつがあんな色黒な訳ねえだろ。どっか別の海域から流れてきたがや」

「ここんとこ外海人が海峡を通ってきたって報告は来てないよ。なあ、やめようって」

「尾鷲《おわせ》あたりから来たスパイかもしれねえ。最近あのへんの勢力が歯向かってきてるげな。なんにせよ確認しねえと」

弟は嫌々という感じだったが決定権は兄にあるらしく、ボートは廃ビルに近づいてきた。

名古屋水軍(と彼らは名乗った)は、伊勢湾を中心に活動する非 Suika 所有者の集団だ。湾内の離島や知多半島の先端部などあちこちに居住地がある。横浜駅から廃棄されるものを回収して暮らすという点では九十九段下と同じだが、その人口規模は三〇倍ほどもある。回収した食品・工業材料・情報機器などが各地域に分配され修理・加工される高度な分業システムが発達していた。

兄弟は、まず本拠地である神島にヒロトを連れて行き、自分たちのボスに会わせた。水軍のボスは筋骨隆々の五〇近い男だった。エキナカではもちろん、九十九段下の漁師にもこれほどの体格の男は見たことがない。

ボスはヒロトが「18きっぷ」でエキナカを通ってきたということをどうしても信じないようだった。彼がエキナカで得たもののうち、電光板も、18きっぷも、構造遺伝界キャンセラーもすべてあのスクーターの男に渡してしまい、ケイハの端末は、超電導鉄道の車両とともに海の藻屑《もくず》と消えたようだった。

そういえば、ケイハは「超電導鉄道の記録はスイカネットのどこにも残っていない」と言っていたはずだ。どうやってあの起動用プログラムを用意したのだろうか、とふと不思議に思った。まあ彼女のことだ、おれの知らないことをいくらでも知っているのだろう。

結局、自分がエキナカを通ってきたということは信じてもらえなかったが、三浦半島の九十九段下という岬の生まれであることを話すと、ボスは彼を故郷まで送り届けることを約束した。

「我々は東国にも活動範囲を広げたいと思っている。伊豆《いず》半島までは交易のつてを確立しているが、その先はほとんど行き来がないからな」

この水軍のボスは、いずれ横浜駅太平洋沿岸の地域を束ねて君臨するという野望の持ち主で、既に紀伊半島にも拠点の拡大を進めていた。この漂流者の世話をすることで、東国への勢力拡大の足がかりにする腹のようだった。

だがヒロトは、その前にしばらくこの地域に滞在したいと申し出た。この土地で行われているイモやカボチャといった農作物の栽培を教えてほしい、というのがその理由だった。

「なぜだ？　お前の国は人口も少なく、駅からの物資で十分に生活しているというではないか。我々も農業はある程度行っているが、生産性の高い仕事とは言えない」

とボスが言うと、ヒロトは答えた。

「必要になるからだ。もうしばらくしたら、横浜駅からの物資は得られなくなる」

「なぜそう思う」

「横浜駅が消滅するからだ」

ボスは変なものを見るような目でヒロトの顔を見た。側近たちは顔を見合わせて
「どうもこの男は頭がおかしいらしい」

「恐らくエキナカの人間に何か恐ろしい目に遭わされたのだろう」

と小声で話していたが、ボスの許可でヒロトの申し出は通った。

九十九段下の農業はきわめて情報の不足した状態で手探り的に進められていたものだった。スイカネットから集められる工業技術情報は多いが、農業に関するものは全く役に立たなかった。エキナカの食料生産は全て、高度に管理された人工照明による水耕栽培だったからだ。

右脚の傷が癒えると、しばらくヒロトは渥美《あつみ》半島で農作業に従事した。水軍全体からすれば小規模とは言え、九十九段下よりもはるかに洗練された農園のシステムがそこにはあった。結局、東に向かう船にヒロトが乗り込んだのは、それから一年近く経った春のことだった。

ヒロトの帰還は事前に手紙での連絡が行っており、九十九段下よりも少し手前の岬までマキが迎えに来た。

「帰ってこないと思ってた」

一年ぶりに会うマキは無表情で言った。

「帰るって言ったろ」

「五日間の予定で一年音沙汰《おとさた》がなかったら、普通は帰らないって思うでしょ」

「悪かった。本当に色々あったんだ。後で話す。それより岬の様子はどうだ？　教授は元気にしているか」

「あの人は死んだよ」

「死んだ？　いつだ？」

「出発した一週間後だよ。いつになっても起きてこないから様子を見に行ったら、そのまま眠ってるみたいに死んでた。死因はよく分からないけど、老衰だと思う」

「……そうか」

岬に戻るとほとんどの者がエキナカの話を聞きたがったので、その夜は公会堂を使って、自分の五日間にわたる横浜駅の見聞を話して聞かせた。そして最終的に、

「横浜駅は、遠くない将来に消滅する」

ということを告げた。岬の者たちは構造遺伝界のことも知らないので「内部で老朽化が進んでいることが判明し、近いうちに崩壊する」というように説明した。崩壊のスイッチを押したのが自分

であることは、永遠に黙っていようと思った。

その後、食料生産の必要性を訴え、名古屋水軍から持ち込んだ何種類かの農作物について説明した。九十九段下の住民は「横浜駅が消える」ということは信じなかった（というより意味が理解できなかった）が、食料生産を行うことについては概《おおむ》ね賛同が得られた。そもそも九十九段下のコロニーは人口に比べて労働量が少なく、暇を持て余した若者が多かったのだ。

「お花畑」で暮らすヨースケにも会いに行った。下りしかないエスカレータを登り切ったヒロトを見るなり彼は「なんだ、生きてたのか」と言う。彼は一年前よりもまた一回り太ったように見えた。

「駅に入っていったんだから、普通に駅から出てこいよ」と言って、奥に並ぶ自動改札たちを指した。通路に並んだ六体の自動改札たちは、一年前にヒロトが18きっぷを持って入ったときと全く同じ姿勢で、静かに並んでいた。

「スイカネットの様子に変化はあるか。どこか不安定になってるとか」とヒロトが聞くと、「つながったり切れたり。いつもどおり不安定さ」と答えた。

Suika 認証のできないヨースケ達にできることは、スイカネットを流れるパケットを拾ってデータを再構築することだけで、こちらから何かを発信することはできない。

ケイハはまだ甲府にいるのだろうか、自分が無事故郷に帰れたことを伝える手段はないだろうか、とヒロトは時々考える。

教授は火葬されたあとに海に散骨された。九十九段下では埋葬の風習はない。写真一枚だけが公会堂のアルバムに残された。彼が九十九段下に来たばかりの頃に撮影されたものらしく、ヒロトの記憶にある教授の顔よりもだいぶ若い。あの42番出口で出会ったＪＲ統合知性体の保守管理主体の顔だった。

教授の住んでいた家は、一年前に結婚した夫婦とその幼い子どもの三人が暮らしていた。慢性的に土地不足なこの岬において、教授の記憶はもう洗い流されつつあった。数百年前の記憶を飲み込んでどこまでも拡がった横浜駅とは違い、自然の地面はあまり長く記憶をとどめることはできない。

岬に戻って数日すると、コンクリートで覆われていた白富士が、一夜にしてエスカレータの黒一色に染められた。それは長かった梅雨が明け、夏が来たという印だった。また富士山が少し高くなったのだろう。

あと何度この遷移が見られるかは分からない。とにかく今は、横浜駅の消滅に備えなければならない。

エピローグ

ＪＲ福岡の関門海峡前線基地を覆う抗構造遺伝界ポリマーは、開発者が想定した耐用年数をとうに過ぎてあちこちが破れ、裂けた部分が日光によって膨張し、基地全体が巨大な広葉樹に覆われているように見える。

ポリマー張替えの予算が計上されない理由は二つあった。海峡防衛の重要性が年々低下していること、そして、より重要な作戦が進行中で、そちらに費用がとられていることだ。

「腫瘍《しゆよう》の状態はこんな感じっすね」

基地の一室にて、情報部門の大隈《おおくま》はテーブルに表示された地図を指差す。彼の社内階級を表す胸のバッジは、同期入社の者達を遠く抜いた高位を示している。この五年の情勢変化によって、情報部門、とくに大隈の所属するスイカネット監視の重要性が急増したためだ。

「ほぼ同心円状に拡大していきます。拡大速度は一定でないので確かなことは言えませんが、早ければあと一月、遅くても半年で海に達するでしょう」

スイカネットの通信状態を表す網目で覆われた本州は、木曽《きそ》山脈を中心とした黒い穴で覆われていた。

「じきにスイカネットは東西に分断されるということか」

いまや軍事部門の総指揮に近い立場にある川上はそう言った。

「ええ。っていうか、もう東西じゃまともに通信できてませんよ。送ったデータのうちの半分も届けばラッキーって感じみたいです」

「なるほどな。となると決行は近いぞ」

そう言うと川上は「八咫烏《やたがらす》作戦 企画書」の表紙ページを端末に表示して大隈に見せた。「八咫烏」は古代の王が九州から畿内《きない》に攻め入って日本政府を確立した神話になぞらえた作戦という意味だ。

「社長から辞令があった。分断が確認され次第、我々は横浜駅への進攻を開始する」

「おー、いよいよやる訳ですか」

「第四次調査隊からの報告によると、腫瘍の内部はすでにいくつかの武装勢力によって分割されつつある。混乱状態がある程度収まるまでは手を出すべきではないというのが上の判断だったが、ようやく許可がおりた」

横浜駅の「腫瘍」とは、中部地方で五年前に発生したスイカネットの通信異常、自動改札による住民統制の消滅、一部の建築物の崩壊といった異常現象の総称だ。原因が分からないまま徐々にその範囲は拡大し、いまや横浜駅の中部地方一帯がこの「腫瘍」に覆われていた。

地震や噴火などによる横浜駅の短期的・局所的な異常はこれまでも観測されていたが、すぐにその部分が倒壊し、周辺部分からの再構築が行われることが知られていた。だがこれほど長期的で大規模な異常が起きるのは、記録されている横浜駅の歴史ではじめての事だった。

自動改札による Suika 認証もまともに行われなくなったため、ＪＲ福岡では何度も腫瘍内部に調査隊を派遣するようになった。彼らの報告によると、腫瘍内部はすでに四国のような混沌《こんとん》状態にあるということだった。完全に暴力を統制されたはずの横浜駅だったが、ひとたび自動改札による制御が失われると、庭石を裏返して出てくる虫のように多数の武装勢力が現れたのだった。

そして当初のカオス状態から数年が過ぎ、現在の中部地方は数個の勢力に割拠されている。裏で流通する武器を蓄積していた駅員集団、山岳地帯を拠点にしていた山賊の一団、そして海から現れた非Suika所有者の集団などだ。

「あまりに待ちすぎて、相手の集団が統一されて我々に反抗してきたりはしませんかね」

「問題ない。やつらはせいぜい旧型の銃で武装している程度だ。何十年も横浜駅そのものと戦ってきた我々とは、そもそもの火力が違う」

エキナカで流通している武器の多くが、ＪＲ福岡の脱走兵らによる横流し品であることは二人も知っていた。だがそれはせいぜい九州の治安維持に用いられる程度の対人武器であり、より決定的な戦力――構造遺伝界を含んだ横浜駅をも破壊できるほどの兵器――は、一兵卒には到底手の届かない形で厳重管理されていた。

「なるほど。もし我々に対抗しうる勢力があるとすれば、北の連中だけということですか」

大隈は地図のいちばん北を指した。

「うむ。それがネットの分断を待っている理由でもある。情報技術に関して言えば、ＪＲ北日本の方が我々よりも上だろう。ネットがつながっている状態では、こちらの行動が筒抜けになる可能性が高い」

それは大隈が一番理解していることだ。彼らはおそらく記述言語の解読に成功しているのだ。ＪＲ統合知性体の持つ知識を一部でも読み取れれば、どのような行動が可能になるかは全く予測できない。

「連中が脅威になる可能性は」

「まったく未知数だ。もちろん、協力して横浜駅の中心にＪＲの旗を立てられる可能性はある。もともと我々はひとつの国営企業だからな。だが、長く分断されていた組織が対等に統一できた例なんてものは、歴史にほとんど記されていない。現時点で言えるのはそれだけだ」

川上が言うと大隈は小さく溜息《ためいき》をついて、紙袋に入ったやせうまを手でつかみ、紅茶をひとすすりした。ポリマーの化学臭は五年前に比べかなり収まったとは言え、この慢性的に不清潔な基地で飲食できるこの男の気が知れない、と川上は思った。

「駅への進攻に際しては情報部門からも多くの人材を派遣する予定だ。能力を見込んでお前をそのリーダーに抜擢《ばってき》する案が出ているが、どう思う」

「へえ、そりゃ光栄ですな。確かにコレの正体が何なのかは興味ありますが」

大隈はティースプーンで「腫瘍」を指した。

「ですが御免被りたいっすね。おれは頭使うのは好きですが、体動かすのは苦手なんです。発生原因が分かったらこっそり教えてください」

スイカネットの通信異常がはじまった頃、ＪＲ福岡が原因としてまず挙げたのが、エキナカ住民による人為的な破壊行為だった。「キセル同盟」と呼ばれる組織が、一時期は京都周辺のスイカネットを完全に掌握し、自動改札の行動制御まである程度達成したということはＪＲ福岡も把握していた。

だがそのネット掌握はある時唐突に解除され、組織のその後の顛末《てんまつ》は分かっていない。ネットの支配を目的としていた組織がネットを消滅させるはずがないということから、この説は現在否定されている。

次に、当然ながらＪＲ北日本による攻撃が想定された。彼らは既に構造遺伝界を消滅させる技術まで実用化しているという。北が何らかの攻撃を横浜駅の中心部に仕込んだという可能性はあった。だが本来青函《せいかん》トンネルの防衛を目的としていた彼らが領土欲に野心を燃やして本州中央部に攻撃を仕掛けたというのも、これだけ拡大の進んだ「腫瘍」でＪＲ北日本の戦力がほとんど確認できない事実がその説を否定している。

こうしていくつかの仮説が提唱されたが、結局のところ「横浜駅自体を崩壊させる動機がない」ということで否定され、腫瘍の生成は何者かの意図によるものではなく、なんらかの事故的な要因、あるいは単純に「老衰」であると暫定的に判断されている。

大隈はたまに考える。技術部門の久保トシルが五年前に失踪《しっそう》し、「腫瘍」の発生はその数ヶ月後に始まった。彼は四国に行くと言っていたが、その後の消息は分かっていない。もしかしたら、あいつが何かやらかしたのではないか。

あいつだったらそういう事は平気でやりそうだ。「気持ち悪いから、駅ぶっこわして来ました」とか、目を合わせずに言う様子が頭に浮かぶ。

「だが、ここに残ってもこれ以上の出世のチャンスはないぞ。横浜駅はこれから縮小していくのだろう。海峡の向こう側のネットも、いつまで正常に機能しているか分からん。スイカネット解析が専門のお前にとって、退屈な留守番になるだろう」

と川上は言うが、大隈は鼻で笑って答えた。

「どうせ情報部門は発言力がないんですから、ケチな出世に興味はないっすね。上の人たちはおれたちがどんな成果を出しても、結局は軍事部門の功績にしちゃうでしょ。みんな兵器オタクだからさ。それよりもおれは他にやることがあるんですよ」

大隈は地図の南東部に目をやった。ユーラシア東岸の輪郭線が描かれている。JR福岡の若手社員の多くが「大陸」に関心を持ち、裏で彼がその支援をしている事を川上は知っていた。

外洋航行はJR福岡の社規で禁止されている。軍事部門の一部が上層部に無断で立てた渡航計画が露見し、懲罰にあったのは去年のことだ。だが現在でもいくつもの「大陸派」と呼ばれる勢力が水面下で動いている。

横浜駅の終焉《しゅうえん》が近づいている。それが明確になりはじめた頃、ほとんどの者はJR福岡が本州の新たな統治者として乗り込むことを提案したが、少数の勢力は逆にこの機会に外洋の新天地へ乗り出すべきだと考えたのだ。

技術部門のある研究者は横浜駅を「人間の培養装置」と称していた。完全に制御された物質とエネルギーの循環によって貯めこんだ人口密度は、おそらく地球上のどの地域よりも高い。化石燃料の枯渇した現代としては到底ありえない水準になっていた。

横浜駅が完全に崩壊すれば、この列島はもはや人口を支えられない。多くの人間が治安悪化により死ぬだろうが、溢《あふ》れだした人間による外洋進出も行われるだろう。

冬戦争末期にはほとんど人の住めない場所となった東ユーラシア沿岸部だが、その後の数世紀で土壌がどこまで回復したのかは、信頼に足るデータが無い。既に内陸からの民族大移動が始まっているという噂《うわさ》もあった。日本列島からの移住が行われるとなれば、早い段階でのイニシアチブ確立が必要なはずだった。だがＪＲ福岡は、大陸への興味を持つことを「住民を横浜駅の侵食から保護する使命」からの逃避とみなして嫌悪していた。

制度疲労。上層部のこの態度に対する大隈の感想はその一言だった。我々は長い間横浜駅と戦っている間に、その単一目的に最適化された組織へと変質し、それ以外の視点を失っているように感じられた。いずれ横浜駅が完全に崩壊すれば、この組織はその存在理由を見失って共に滅びるのではないか。

「人は老いて死ぬし、横浜駅も老いて死ぬわけです。この会社だってそうでしょう。生きてるからには、ちゃんと世代交代をしないといけないって事ですよ」

大隈はそう呟《つぶや》いてやせうまの紙袋をまさぐったが、もう一個も残っていなかった。ちょっと買い物に行ってきますと川上に告げて基地の外に出ると、ちょうど日没の時刻だった。海峡の向こうにある横浜駅の白いコンクリートが夕陽に照らされて赤く映える様は、敵ながらなかなか風情があると彼は思っていた。

ここ数年、横浜駅の連絡通路の射出はほとんど起きていない。腫瘍部分からはじまった駅の老化は、この末端部分にもいくらかの影響を及ぼしているようだった。コンクリートの代謝も減少しているのか、ところどころ経年劣化のような汚れが目立つ。

だがその姿は、破けた抗構造遺伝界ポリマーでぼろぼろになった自分たちの基地ともだぶって見える。横浜駅とＪＲ福岡は戦い続けているうちに似た者同士となって、このまま一緒に消えていくのだろうか。そんなことを考えているうちに、夕陽は大陸のある方へゆっくりと落ちていった。

横浜駅SF

(ヨコハマエキエスエフ)

通貨

エキナカでは物理通貨はまったく流通していない。すべてSuikaを用いた決済が行われている。電子マネーであるため最小単位が存在しない。もともとは「円」であったが少しずつデフレが進行し、現在では「ミリエン」が一般に使われる。

横浜駅以外の地域については、駅増殖にともなって日本政府が消滅して以来、各地のJRが独自に貨幣を発行するようになった。日本円(JPY)と区別してJRYと呼ばれており、硬貨・紙幣が存在する。もともとはEUのユーロ同様に各JR共通の通貨だったが、現在では北海道と九州のものしか存在せず、当然ながら相互のやりとりは無い。

駅外では現在でもインターネット同様のネットワークが稼働しているが、島嶼《とうしょ》部にはネットが無い場合もある。このため物理通貨は不可欠である。

交通手段

駅がひとつしか無いので鉄道は走っていない。またエキナカは通路が狭く段差も多いので、自動車や自転車のようなものは無い。したがって主な移動手段は、動く歩道やエスカレータを利用した徒歩である。電力は潤沢なので立ち乗り式の電動二輪車もあるが、高価なためあまり普及していない。要するに人間の移動はかなり制限されているため、経済的な地域差は比較的大きい。自動改札を乗り物に改造したマッドな技術者がいるという噂《うわさ》もあるが、実在したとしても駅設備の改造品など怖くて誰も乗らないだろう。

スイカネット

横浜駅に内蔵されているネットワーク・システム。Suikaによる認証接続を原則とするが、一部端末では認証なしの匿名利用も可能。

端末は人造物が多いがネットワーク基盤は構造遺伝界によって自然に生成されたものであり、インターネットに比べるとその通信は非常に不安定。送信されたデータは各地に存在するスイカネット・ノードに情報を蓄え、遠隔地ではそれらの多数決により情報を復元するという形になる。このため長距離のリアルタイム通信は基本的に不可能で、郵便のように時間のかかる電子メールのやりとりが多い。

ただ実際にはいくつかのノードは特定個人や団体の支配下にあるため、これらを経由することで電話のような低遅延通信ができる。十分多くのノードを支配すれば、通信内容の改ざんも可能。

APPENDIX 補遺

冬戦争

西暦末期に発生した大国間の連続的な戦争の総称。衛星兵器を用いた諸都市攻撃を特徴とし、各国とも主要都市が壊滅することで人類社会は都市ネットワーク型から領土分散型に変化し、広域な領土に分散した国民のあいだを無線通信や無人輸送機が行き交うのが一般的になった。政治も首都中枢型からJR統合知性体などを用いた分散型に変化していった。化石燃料の枯渇で衛星兵器の保持が不可能になったことにより終結。「冬戦争」とは同時期に地球全体の気温が低下したことにちなんで後代の歴史学者がつけた名称である。20世紀のソビエト連邦・フィンランド間の戦争とは特に関係がない。

JR北日本・JR福岡

冬戦争初期に起きた政治機能分散化の流れのなかで誕生した企業群。もともとは国営企業で、戦争の長期化にともない国家からの独立度を高め、やがて政治機能を委託された民営企業という形態になった。横浜駅時代には日本政府が消滅したが、各地域の統治をそのまま継続している。かつては「JR東北」「JR中部」「JR近畿」なども存在した。Japan Ruler の略である。

Suika

人間が横浜駅内部を出入りするのに用いる認証方式。体内に埋め込まれたマイクロチップが生体ハッシュを発振し、これをスイカネットが受信して認証する。チップ自体は人間にも簡単に製造できるが、ネットに登録する際に50万ミリエンの費用をスイカネットに支払う必要がある。この他に生体電機業者への手数料が数万ミリエンほどかかる。6歳以上の人間が横浜駅に立ち入る場合はこれが必要で、他に決済機能やスイカネットへの認証接続が可能。名称は誰何《すいか》(相手が何者かを問いただすこと)に由来するといわれる。

国外事情

通信ケーブルも交通手段も残っていないため、日本国外について明確に分かっていることはほとんど無い。東アジア沿岸部は冬戦争により人間の住めない状態となっており、日本列島はほぼ物理的な孤立状態となっている。なお構造遺伝界の技術はJR統合知性体による軍事機密であったため、海外に横浜駅同様の自己増殖施設が存在する可能性は低い。また日本ほど密な鉄道ネットワークが無いため、仮に存在しても増殖速度は低いと思われる。

あとがき

横浜駅は大正四年にこの惑星に誕生して以来、百年以上に渡り一度たりとも工事が終わったことが無い。このため世間では「横浜駅は永遠に完成しない日本のサグラダ・ファミリアだ」と揶揄《やゆ》的に言われている。

だがよく考えて欲しい。横浜駅にとっての「完成」とは何なのだろうか。工事が終わることは「完成」なのだろうか。

「完成」という言葉は一般に「最終形態への到達」を指す。サグラダ・ファミリアにはガウディの描いた具体的な設計図が存在し、それに向かう過程がいまだ続いているからこそ「未完成」なのである。

しかし横浜駅は具体的な最終形態に向かって百年間工事が続いている訳ではない。むしろ横浜市および日本全体の鉄道ネットワークという外界の状況に応じて柔軟にその姿を変化させる事こそが、都市の中枢である駅のあるべき姿だと言えよう。すなわち「常に工事が行われている状態」こそが完成形と考えるべきである。

これは生物の挙動に似ている。われわれ人類は常に食物や酸素を外界から供給し、また様々な物質を外界に排出しているが、これは人間が「完成」に向かうための途中過程ではない。われわれは肉体の維持のために日々食事をしている。この流動的な状態こそが人間の完成状態なのだ。

このような動的システムを持っているからこそ、われわれの肉体は外界の温度によらず体温を一定に維持し、絶えず侵入する病原体を免疫系により撃退し、また外傷をある程度再生することが出来る。生命は変化を続けることによって、逆説的にその構造を維持しているのである。この流動が途絶えることが、すなわち生物にとっての死である。

イリヤ・プリゴジン（一九一七～二〇〇三）はこのように物質やエネルギーが絶えず流入・流出を続けることで全体の秩序が保たれる状態を「散逸構造」と呼び、その理論によって一九七七年のノーベル賞を受賞している。この考え方は科学思想にきわめて大きな影響を与えた。本作はそのような思想の潮流の上に存在するSF小説である。

この物語が成立する過程について簡単に説明したい。これは二〇一五年初頭に筆者が Twitter において前述したような「横浜駅生命体理論」を述べ、そのまま自然な流れで横浜駅が増殖して日本を覆い尽くすSFの簡単なプロットを書いたのが始まりだ。

この時点では弐瓶勉のSF漫画『BLAME!』のパロディ色が強かったが、これが好評だったため半年ほどかけて長編小説に書き起こした。今から読み返してみると筆者が中高生のころ愛読していた椎名誠の『アド・バード』の影響が強く出ている。

その後KADOKAWAが「カクヨム」なる小説投稿サイトを新設したので、賑《にぎ》やかしのつもりで第一回Web小説コンテスト（SF部門）に応募してみたところ、大賞を受賞してしまい書籍化に至ることになった。一般に第一回受賞作は文学賞の方向性を決める上で極めて重要な意味を持つと聞く。正直「それでいいのかカドカワ」という思いが強い。

書籍化にあたって改稿を進めたところ一冊に収まらなくなったため、カクヨムに掲載した外伝部分は二冊目に回すことになった。こちらも大幅に加筆して、二〇一七年中に発売する予定である。

また新川権兵衛先生による本作のコミカライズ版掲載がWeb漫画サイト「ヤングエースUP」で予定されている。貴方《あなた》がこの「あとがき」を読む頃には恐らく既に始まっている。普通は原作が売れてから漫画化するのだと思うが、SF作品でこのようなタイムパラドックスはよく見られる。要するに本作はだいぶ前から筆者の意図せぬ自己増殖を続けている。まさに作品のテーマに相応しい展開と言えよう。

なお二〇一七年初頭には星海社から『重力アルケミック』という新作を発売する。こちらは地球が年に三パーセントずつ膨張して、とにかく地面が余っている世界の話である。本作がコンクリートばかりで辟易《へきえき》した方は手にとって欲しい。

最後になりますが、この異様な世界を見事に表現するイラストを手がけてくれた田中達之先生、二足歩行する自動改札のデザインという無理難題をお願いした新川権兵衛先生、構造遺伝界の基本的性質について専門外の筆者にも丁寧にご教授いただいた横浜県立大学の遠藤先生、本作をごく初期（着想の二六分後）から応援してくれた学習院大学の田崎晴明先生、アンドロイドの心理描写について自身の経験をもとに有意義な指摘をくれた斉藤2号、いつも人生について深いような浅いようなアドバイスをくれるロバのベンジャミン、カドカワBOOKS編集部の皆様にこの場を借りて感謝を申し上げます。

二〇一六年一一月吉日　エキナカにて

カドカワBOOKS

横浜駅《よこはまえき》SF

平成28年12月24日　初版発行
平成29年３月15日　四版発行

著者／作刈湯葉《いすかりゆば》

発行者／三坂泰二

発行／株式会社KADOKAWA
http://www.kadokawa.co.jp/

〒102-8177
東京都千代田区富士見2-13-3
電話／0570-002-301（カスタマーサポート・ナビダイヤル）
受付時間９：00～17：00（土日 祝日 年末年始を除く）
03-5216-8538（編集）

編集／カドカワBOOKS編集部

印刷所／大日本印刷

製本所／大日本印刷

Printed in Japan
ISBN 978-4-04-072157-6 C0093

新文芸宣言

かつて「知」と「美」は特権階級の所有物でした。

15世紀、グーテンベルクが発明した活版印刷技術は、特権階級から「知」と「美」を解放し、ルネサンスや宗教改革を導きました。市民革命や産業革命も、大衆に「知」と「美」が広まらなければ起こりえませんでした。人間は、本を読むことにより、自由と平等を獲得していったのです。

21世紀、インターネット技術により、第二の「知」と「美」の解放が起こりました。一部の選ばれた才能を持つ者だけが文章や絵、映像を発表できる時代は終わり、誰もがネット上で自己表現を出来る時代がやってきました。

UGC（ユーザージェネレイテッドコンテンツ）の波は、今世界を席巻しています。UGCから生まれた小説は、一般大衆からの批評を取り込みながら内容を充実させて行きます。受け手と送り手の情報の交換によって、UGCは量的な評価を獲得し、爆発的にその数を増やしているのです。

こうしたUGCから生まれた小説群を、私たちは「新文芸」と名付けました。

新文芸は、インターネットによる新しい「知」と「美」の形です。

2015年10月10日

井上伸一郎

「第1回「」カクヨム
Web小説コンテスト」
SF部門
大賞受賞作！
横浜駅SF
原作 柞刈湯葉
漫画 新川権兵衛
コミカライズ
決定！
登録不要、完全無料のwebコミックサイト
ヤングエースUPにて
YOUNG ACE UP
2016年
12月27日（火）
連載開始！
ヤングエースUP 検索
https://web-ace.jp/youngaceup/

ある日、死んだはずの
妹が帰ってきて、
僕の日常は壊れていく――
カクヨム
Web小説大賞
ホラー部門
大賞受賞作
僕の妹はバケモノです
鹿角フェフ
ill.ヤタ
ある朝、波は誰かに起こされる感覚を覚えた。だが波は気づいてしまう。
微睡みの中、嬉しそうに微笑むのは死んだはずの妹だということを――。
その日を境に、暁人の日常は信じがたい恐怖に塗り替えられていく……。
四六単行本
カドカワBOOKS